PESCIROSSI
NARRATIVA

PESCIROSSI

TIZIANO GABRIELI
LA SCRITTURA DEL DIO

A un uomo di musica e a un uomo di lettere,
con segreta devozione.

Ágnes, o del Secondo Rinascimento

Il mio nome è Ágnes von Boldizsár. Come Nostro Signore, vidi la luce in una cascina, nel mese della stella con la coda. I miei natali vivevano sulle sponde del lago Balaton, a settentrione, dove si ergono i monti Bakony, nell'umida terra di Pannonia. I miei antenati non abitarono castelli, non condussero eserciti né indugiarono sui manoscritti; io provengo dalla terra per dieci generazioni di braccianti e ora che tutto è pronto, quando l'orologio cittadino batterà le nove, alla terra sarò tornata. Mi accusano di stregoneria e blasfemia. Nelle camere di pietra degli interrati del palazzo vescovile le guardie mi violentarono a turno, poi mi presentarono nuda dinanzi ai miei inquisitori. Io, forte dell'immagine del mio Dio, negai le accuse ma un loro sottoposto individuò un neo nel mio occhio sinistro e allora mi straziarono le braccia con ferri ardenti, mi arcuarono le ginocchia, mi posero alla ruota, mi deformarono, infine mi segarono via le mani e sigillarono le ferite col fuoco; sconfitta nel corpo, cedetti.

Ora che tremo di freddo sulle cataste oleate mi appello a Dio per aver mentito ma so che egli mi ha già perdonato. Se adesso dichiarassi il mio pentimento manderebbero lo strangolatore a risparmiarmi i tormenti delle fiamme ma io non posso pentirmi di delitti che non commisi né posso morire nella viltà. Non voglio mancare di rispetto a nessuno ma ora proprio non ce la faccio ad ascoltare il vescovo che insinua dal banchetto. Già le faccende mortali si fanno vaga cosa. Ora che quasi s'avvicinano con le torce voglio stare sola, pensare al mio passato e pregare per la mia anima.

Ricordo da bambina quando mio padre mi portava sulle spiagge del grande lago assieme alle mie sorelle. Già in quegli anni credo che si palesasse quello che poi sarebbe stato il mio temperamento; mentre le mie sorelle cinguettavano di vesti da sposa, io mi facevo rapire dalle misteriose circonvoluzioni delle conchiglie. Ignoro perché fui investita della qualità della contemplazione, esaltante e rovinosa al contempo, ma ora credo che questo fosse il mio destino e proprio grazie a essa il bisogno della verità si insinuò in me. Ciascuno al mondo nasce e muore per una ragione; nessuno è inutile, giacché tutto è destinato alla realizzazione di un disegno maggiore, dai tratti indecifrabili, come quelli delle conchiglie.

Della mia educazione si occupò mia nonna materna. Un tempo, quando era giovane e bella, faceva la levatrice in una città lontana, a Est, dove i Carpazi si addensano. Poi arrivò l'anno dei cavalieri con le scimitarre. Entrarono a cavallo nelle chiese, profanarono gli altari, diedero fuoco ai codici sacri. Quando ebbero finito abbatterono le croci e si inchinarono al loro dio, che era una mezzaluna di ferro.

Mia nonna riuscì a fuggire insieme a mio nonno. Non ho memoria di mio nonno, né mia nonna e mia madre mai ne fecero voce, tuttavia, e forse i segreti non resistono al sangue, ho l'intima certezza che fosse uno di quei cavalieri. Dopo aver calpestato la steppa, raggiunsero questo luogo. Sul Colle del Pastore, fuori città, con amore e sacrificio costruirono il focolare e attorno alzarono le mura famigliari e il tetto. La notte, con lo sfrigolio dei grilli, teneramente si amavano. Poi mio nonno morì. Mia nonna è sempre vissuta lì, quasi sconosciuta ai cittadini e al borgomastro; aveva l'orto, qualche capra e nella solitudine accusava la cecità incalzante anche se non sembrava soffrirne. Credo fermamente che l'avvertisse come un graduale distaccarsi dalla realtà, piacevole persino, tanto che tutt'ora è in me il convincimento che vedesse meglio di chiunque altro. Fu mia nonna a istruirmi sull'arte millenaria della medicina. Guidò la mia mano nella mescola laboriosa del decotto, nella distillazione dei fiori, nella pesa delle parti di calce e olio d'oliva per fare i linimenti. Assistevamo insieme ai calmi progressi delle piante ben coltivate, la loro raccolta, la loro conservazione. Mi spiegò che dopo aver tagliato il ramo bisogna bagnare il moncone con la saliva affinché guarisca, che il bosco va rispettato e che mai avrei dovuto usurpare l'inessenziale. Soleva ripetermi che Dio non siede su un trono di marmo in cima alle nuvole ma egli è in tutte le cose, persino in me.

Ma in questa mattina inarrivabile, con il grigiore e le funi che mi stringono al palo, più di ogni cosa ho vivide davanti agli occhi le calde serate estive, a chiacchierare sui gradini dell'aia coi cespugli di lavanda a confonderci; di tanto in tanto col dito nodoso indicava le stelle con nomi fiabeschi, dalle vocali accorciate. Il loro eco elegante ancora mi risuona nelle orecchie. Quando morì, mio padre la seppellì ai margini del bosco, senza cassa di legno ma a faccia in giù nella terra nuda, come lei aveva disposto.

A dodici anni fui mandata al convento di San Ladislao. Lo volle mio padre. Riteneva che non dovessi sposarmi e che consegnare l'ultima delle otto figlie femmine alla preghiera fosse il suo lasciapassare per il paradiso. Gli anni sfumarono, uno dietro l'altro, come l'umidità. Le suore riformiste erano figure nere che avanzavano a svelti passi uguali nei freddi corridoi. Ci affliggevano affinché avessimo speranza; ci percuotevano affinché fossimo misericordiose; ci incutevano il timore di Dio affinché lo amassimo. Intimamente seppi dal primo giorno che non avrei nutrito le schiere del convento; ne ebbi conferma quando vidi Joannes per la prima volta, in Giugno, alla Festa del Pane. La notte facemmo l'amore sulle spighe trebbiate nel fienile dove mio padre lavorava a mezzadria. Al mattino ci sorpresero le guardie cittadine e ci bandirono dal paese. Avevo diciannove anni. Mi diedero della puttana e della peccatrice, ma ora che leggo l'impazienza nei loro volti so che il peccato è una parola troppo facile all'indice, che di malanni e di speranze stracciate gli uomini riempiono. Perché sappia chi s'attarda sui codici sacri che anch'io, che ora giudicate immonda, conobbi l'eternità; perché quando lui era in me e io in lui e parlavamo senza aprir bocca, gli occhi negli occhi e pareva non reggessi a quella bellezza tanto da schiantarmi in quella conoscenza priva di ragione, in quella teologia innata, sappiate, uomini di chiesa, che anch'io ho ricevuto la grazia: dai fianchi di un uomo e da tutto il resto.

Andammo a vivere nella vecchia casa di mia nonna, sul Colle del Pastore, lontani da tutto. Soltanto noi, la terra e il generoso lavoro. Tentammo anche di avere dei figli ma non ci riuscimmo (ora so che il Signore volle risparmiare loro la privazione della famiglia). Quello fu il periodo più felice di tutta la mia vita, ma durò poco. Joannes si ammalò alla fine dell'autunno dopo la mietitura della segala; poi si ammalarono tutti. Alcuni inciampavano di colpo in preda ai tremori, altri avevano i polpacci bruciati dalla cancrena, altri ancora balbettavano con la schiuma alla bocca. I pochi integri parlavano del Male degli ardenti e si percuotevano al nome di Sant'Antonio. I cerusici ordinavano fuochi igienici giorno e notte, i preti promuovevano rituali romani, tutti gli altri bestemmiavano e poi chiedevano ammenda. Io riuscii a ritardare l'avanzare del male con le erbe ma a nulla serve il servizio della natura quando è essa stessa a chiamare. Joannes morì tra le mie braccia che già non mi riconosceva più. Lo seppellii con le mani che mi strapparono, accanto a mia nonna.

Al paese, impazziti dal terrore della morte, non trovarono nulla nella loro condotta costumata che spiegasse la punizione divina, dunque volsero lo sguardo al colle dov'ero. Le malelingue iniziarono a circolare, dicevano che ero un'adoratrice della stella del mattino, che dietro la collina mi inchinavo alla luna e allevavo coccatrici. Alcuni si spinsero oltre e dissero che di notte, mentre tutti dormivano, orinavo sugli stipiti delle porte e sabotavo le cisterne cittadine. Dissero che io ero la responsabile di quella moria, che io avevo ucciso Joannes. Per espiare le mie colpe dissotterrarono il cadavere dinanzi ai miei occhi e gli diedero fuoco, costringendomi a vedere i resti del mio povero amato, ardere. Quando non ebbi più lacrime mi condussero dinanzi al vescovo e agli scabini e la comunità intera m'accusò. Il processo non durò molto, non ho la stoffa del martire; resistetti, ma non ho familiarità col dolore. Sapevo che non mi avrebbero lasciato uscire sulle mie gambe, così dissi tutto ciò che volevano sentirsi dire purché quella follia cessasse.

Non credo al caso, è soltanto una parola dietro la quale si nasconde l'ordine segreto e indecifrabile dell'Universo. Tutti siamo confusi col Tutto e tutto è giustificato sebbene gli umani limiti non ne consentano la percezione. Quando si è prossimi alla morte tutto si chiarifica e ciò che prima era complesso si scompone fino a rivelare la semplicità per cui sta. Stanotte però, aspettando nel carcere, la mia fede venne meno. Cercai di capire quale fosse stata la mia funzione al mondo nella mia breve vita di perseguitata, condannata, oltraggiata e privata all'amore. Cercai di capire quale fosse la giustificazione alla morte orribile che s'apprestavano a somministrarmi. Restai ore sul pavimento gelato; la rabbia mi spaccava i denti. Non riuscivo a credere che il mio Dio mi avesse abbandonato, che tutto fosse stato vano. Come Nostro Signore sulla croce ero sul punto di imprecare quando anch'io come lui vidi la luce. Si trattò di un momento, uno di quelli che comportano l'altissima comprensione, la conseguente consapevolezza e l'inevitabile abbandono. Alcuni lo ricevono in sogno, altri sfogliando una rosa, altri ancora dopo estenuanti digiuni e ferventi preghiere. Io invece vidi qualcosa muoversi nell'ombra, sotto le spranghe della finestra: era un topo, uno di quelli che abitano i granai, con al seguito un gruppetto di topolini più piccoli. E fu proprio vedendo quei minuscoli esseri, disdegnati anch'essi dalla mano dell'uomo, che capii. E capendo piansi, lentamente, in silenzio, senza singhiozzi. Piansi perché io non sapevo nulla mentre loro sapevano tutto, avevano sempre saputo tutto fin dalla prima mattina del tempo. La verità è già in noi, da sempre, si comincia a dimenticarla nel momento in cui si nasce e tutta la vita serve a recuperarla. In quel momento vidi, quel momento e tutti gli altri che a esso erano incatenati e tutti gli altri che da esso si inanellavano all'infinito fino al ricongiungimento e alla ripartenza. Compresi il divenire, la perpetuazione, la replicazione illimitata e periodica delle cose. Vidi quei topolini come mai li avevo visti prima, vidi le migliaia di generazioni che a loro succedettero, moltiplicandosi, rarefacendosi; li vidi abitare sgabuzzini di castelli, nidificare in cassetti di case coloniali, rosicchiare briciole cadute dal tascapane di un soldato, squittire in campi dalle margherite che nessuno mai colse, li vidi nascondersi in seminterrati, in cantine di cospiratori, vidi uno scrittore illuminarsi di poesia alla loro vista, un pittore dipingerli sull'angolo della tela (e un secolo dopo, due giovani, mano nella mano, promettersi amore dinanzi a essa), vidi popoli cadere per i malanni di cui erano portatori e poi le economie dei continenti ripartire, vidi una ragazza urlare alla loro vista e poi essere consolata da un uomo che avrebbe sposato anni dopo dando alla luce il futuro capo di un governo rivoluzionario. Vidi lo stesso topo e la stessa figliata, essere scorti nell'angolo di una cella come la mia da una ragazza bionda (nei cui occhi mi specchiai) accusata degli stessi scomodi crimini contrari agli inganni di ogni tempo. Capii infine chi ero e dove dovevo andare.

Io, Ágnes von Boldizsár, sono una strega. Custode e portatrice del Mistero, insorta alla scrittura degli uomini, serva fedele alla scrittura del Dio, segretamente inscritta nel profumo delle erbe, nei punti delle stelle, negli occhi degli amanti e in ogni altro attributo della Grande Opera. Questa folla attorno al palchetto che mi maledice e mi sputa addosso, io non posso che amarla, perché ora so che anch'essa serve il mio scopo, quello delle genti future e l'intero moto dell'Universo.

Verrà il tempo delle streghe e degli spiriti illuminati. Verrà il tempo in cui le chiese mortificanti e perverse si dissolveranno per lasciare posto alla libertà del corpo e dello spirito. Saranno i molti a giudicare i pochi, saranno i saggi a giudicare gli stolti, allora la vergogna sarà lavata dalla mia testa e la mia vita avrà avuto un senso.

Adesso, che già il fuoco inizia a scherzarmi sotto i piedi, che già inizio a sentirmi quella folla e tutte le folle, quel fuoco e tutti i fuochi, posso perdonarvi tutti.

Glottologia

Ricordo Marcello Elia, nel suo letto d'ospedale, che non era ancora morto. Ricordo il suo viso, levigato come la ghiaia del fiume. Ricordo le esili mani da bibliotecario, ritratte come zampe di passero. Ricordo gli occhi vetrificati che già guardavano oltre. Non posso ricordare la sua voce perché già da mesi si era votato al silenzio, da quando parlò e poi tacque, sapendo la linea di partenza dell'umanità.

La sua stanza era la trecentosessantanove, il suo letto l'undici.

Non seppi mai perché volle arrivare a tanto, perché si spinse oltre le sfere stellate, oltre i cicli degli angeli, oltre l'argilla e da lì ripartire. Non seppi mai né posso immaginare, ma sarei voluto essere come lui.

Marcello Elia era professore emerito, cattedratico di linguistica. Ai tempi dei giovani entusiasmi, non senza qualche vanagloria, apprese con fervenza tredici lingue e si coinvolse negli studi dell'indoeuropeistica. Fermo assertore della teoria di Renfrew riguardo la localizzazione dell'Urheimat tra l'Anatolia e la Mesopotamia del Nord, più che delle prove che vuole l'accademia era l'illuminata intuizione a suffragare i suoi studi; sovente ripeteva ai suoi studenti che i linguaggi si articolarono nel periodo calcolitico ed era inimmaginabile un luogo che non fosse la mezzaluna fertile, giacché solo in quel luogo l'uomo si sarebbe potuto elevare al di sopra degli animali attraverso l'atto della significazione linguistica, antecedente al pensiero e all'arte. Nonostante la sua caparbietà, non era l'ineccepibilità delle leggi fonetiche a dominare le sue notti bensì impervie letture, di alchimia, magia e Cabala. Avresti potuto vederlo, all'ombra chiaroscura del suo scrittoio, interpellare il Vangelo apocrifo di Bardesane, le consultazioni degli angeli di Swedenborg o la cosmogonia gnostica di Giuda. Nei momenti in cui il furore dello studio si attenuava era dedito alla negromanzia. Quando ancora parlava, raccontava di viaggi astrali e tecniche per esplorare le vite anteriori, come quella dell'anello di fuoco.

Ricordo quel giorno di luglio, il sedici, quando volle invitarmi alla sua residenza estiva: una villa vetusta, custodita dall'edera, con un largo camino di massi squadrati e pavimentazione d'ardesia. Ricordo la polvere che dimorava indisturbata sugli erti volumi enciclopedici che affastellavano le mensole. Mi offrì la nerezza tipica del suo caffè e annunciò di volersi confessare. Gli dissi che soltanto in chiesa avrei potuto svolgere quel ministero. Mi rispose che Borromeo era morto da quattro secoli e nient'altro era se non un uomo. Poi il mio occhio cadde su un'edizione rilegata a mano del *De lapide philosophico* che faceva mostra di se stesso sul tavolinetto del soggiorno. Risi e domandai se fosse per quel motivo che andava cercando l'assoluzione, poi aggiunsi sarcastico se dovessi aspettarmi fornelli e alambicchi. Mi rispose con il consueto tono calmo e vellutato, dal ritmo regolare, inframmezzato dai fumi della pipa d'osso:

«La scienza ha imboccato un sentiero che non posso seguire. Conoscere significa diventare parte dell'evento, non distaccarsene riducendolo a variabili. L'oggettività non esiste. Da Cartesio in poi la scienza ha negato se stessa. Hanno frainteso il significato originale di *Epistème*. L'oggettività non esiste. La conoscenza può essere solo intuizione. A volte credo che Dio sia furioso perché sto diventando come lui, altre che mi ami per questo».

Gli diedi l'assoluzione per l'arroganza che presunse ma in verità lo feci più per tranquillizzare i suoi umani limiti e non impedire i suoi lavori, perché in cuor mio seppi sempre che Dio era dalla sua parte. Fece ammenda e recitò tre preghiere per tre volte, in italiano, latino e antico sassone, poi ci addentrammo in quello che allora era il suo principale interesse in ambito accademico: la linguistica diacronica finalizzata alla scoperta della prima lingua, che coincide con il primo pensiero e quindi con la nascita dell'uomo e dell'umanità. Il mio stoicismo volle ricordargli che non erano sopravvissute letterature antecedenti alle tavolette cuneiformi sumere e per questa ragione era impossibile ricostruire una lingua anteriore. Per spingersi oltre si poteva contare solo su ricostruzioni basate sulle comparazioni o congetture più puerili, come i confronti lessicali di massa, esenti da corrispondenze fonetiche, altrimenti la filologia si esauriva con l'ultimo colpo di cuneo degli scribi. Mi disse che esistono lingue antecedenti e affermò di averle ascoltate ma non erano quelle a interessarlo. Ogni lingua, aggiunse, è solo un'interfaccia limitata e imperfetta dietro la quale si cela una lingua ben più antica, universale e totale, la cui grammatica fu redatta da Dio. Questo idioma dalla forma perfetta e immutabile avrebbe vietato ogni successione di equivoci dovuti alla finitezza e sarebbe stato capace di significare tutto, persino l'infinito.

Noi diciamo *tavolo* e ci riferiamo a un mobile formato da un piano di legno sostenuto da quattro gambe. Il linguaggio indovinato da Elia conferiva un significante non solo a ogni tavolo di ogni stanza di ogni casa del mondo, ma anche aveva significanti per ciascuna delle loro gambe, per ciascuno dei loro angoli, per ciascuna venatura dei loro assi. Ma non solo, il tavolo visto di fronte avrebbe avuto un nome diverso rispetto al tavolo visto in prospettiva, così come il tavolo sul quale cadeva l'ombra della sera o la luce del mezzogiorno. Ogni filo d'erba, ogni corallo del mare, ogni caduca orma su ogni spiaggia del mondo, ogni visione, ogni immaginazione, ogni remoto sapore di sogno che sopravvive alla veglia, ogni scintilla di ogni fuoco, passato, presente e futuro, avrebbe avuto un significante univoco. Questa lingua vertiginosa avrebbe consentito di esprimere, senza possibilità di travisamenti, tutto, persino sarebbe stato comunicabile l'incomunicabile, come l'amore e l'estasi mistica. Gli dissi che tale idioma era improponibile in quanto presumeva l'esatto contrario della condizione ontologica, perché il pensiero umano, così come la lingua che ne è fonte e appendice, deve contemplare un certo grado di generalità. Sembrò non ascoltarmi e continuò a masticare la pipa d'osso.

Da quell'incontro passarono due anni che non lo vidi e non lo sentii. Seppi dai colleghi d'Università che si era ritirato a vita propria e siccome privo di famiglia e affetti (nemmeno lontani parenti), la divinazione e i tarocchi gli tenevano compagnia. Unica presenza estranea al suo conclave era Teresa, l'anziana governante che rassettava la villa una volta a settimana. E fu proprio Teresa a chiamare l'ambulanza quando trovò il corpo del professore rovesciato in terra. Probabilmente era lì da giorni, in circostanziale atarassia, poiché la permanenza già iniziava ad abbandonarlo. E poi di lui mi avvertirono i medici e delle sue condizioni, quando già affannosamente respirava sotto i sudari bianchi. Ero l'unico nome sulla sua agenda. Stetti ventisette giorni al capezzale cercando di farlo parlare ma già non apparteneva più a questo mondo.

Teresa mi condusse nelle sue stanze e nel suo studio fui in grado di ricostruire gli ultimi mesi. Scrisse un memoriale, ossessivamente ordinato, al quale allegò registrazioni quotidiane al magnetofono. Indagai quelle testimonianze e scoprii trattarsi di esperimenti gnostici che il professore praticava nelle sue solitudini. Procedeva con raffinate modalità di autoipnosi che lo conducevano a ritroso nel passato. Mano a mano che le date del memoriale avanzavano in realtà la sua vita retrocedeva. Lo ascoltai adolescente raccontare aneddoti di cui non parlerò, lo ascoltai bambino, poi neonato, lo ascoltai piangere. Alla data diciassette agosto passò dai primi vagiti alla sua più recente esistenza anteriore. Ascoltai un timbro di voce che non sapevo possedesse e un inequivocabile prosodia francese: era l'antico dialetto bretone di uno scrittore che diceva di lenzuola stese in un cortile di pietra, dov'erano rovi di more. Continuando nella retrocessione apparve la voce di una giovane donna, la cui lingua marcatamente consonantica non seppi riconoscere ma che egli appuntò come proveniente dalla Mesoamerica e appartenente alla famiglia uto-azteca. Probabilmente il *pochutec*, estinto durante il processo di castiglianizzazione. Ciascuna delle trascorse esistenze era fedelmente impressa al magnetofono e passata ad ardente studio filologico: i bordi pagina traboccavano di trascrizioni fonetiche e annotazioni storiche. Tra le dozzine di registrazioni accadeva che alcune si rivelassero fallimentari, o forse più semplicemente si trattava di esistenze silenziose alle quali era vietato il verbo: come il fruscio di un mantello o i colpi secchi della battitura del grano. Una notte inciampai in una lingua inspiegabile costituita quasi del tutto da clic avulsivi, che dimostrava tuttavia, una qualche vertiginosa articolazione. La nota riportava un appunto singolare: *Sebbene un tempo ne fui portatore, definirla ora non è nelle mie capacità. È probabile che non appartenga a questo mondo.* Giunsi poi a copiose registrazioni di greco antico tra le quali spiccò per interesse un dialetto della Tessaglia che raccontava di una cintura circolare di orsi al cui centro era un monolite di bronzo. Arretrando avidamente nelle febbri del tempo, notte dopo notte, ripercorsi le sue notti in afflati di compassione e mi immersi quasi ad annullarmi in quella ricerca di una vita che io, ora dopo ora, facilmente usurpavo. Arrivai all'egizio, al babilonese, fino al sumero e al proto-elamita. Come il salmone che risale le rocce, ebbi speranza, poi paura. Ascoltai discorsi d'amore e guerra, di governo e malaffare, di ordinaria quotidianità, spesi in quelle lingue remote. Ascoltai un amante piangere d'amore alle rive dei due fiumi, un generale impartire bruschi comandi ai soldati, ascoltai la prima parola di un bimbo sumero al seno della madre. Niente era cambiato da allora. Da sempre e per sempre l'umanità esprimerà se stessa con fallibili segni. Da sempre e per sempre ci saranno divine incomprensioni che esorteranno all'inarrivabile.

Nell'archivio erano ancora decine di nastri. Con timore reverenziale le diedi al registratore e constatai l'esistenza di lingue estinte, anteriori alla filologia. Una costante che rilevai (e che anche Elia annotò) fu la progressiva tendenza di queste lingue verso la posteriorizzazione dei fonemi, che dimostravano una dominante nelle articolazioni fricative velari, fino a posteriorizzarsi ulteriormente, conducendo lo stremato professore a produrre foni sempre più interni. Queste idiomi sconosciuti dimostravano ancora una certa articolazione ma procedevano inesorabilmente verso la dissoluzione articolatoria. Gli ultimi erano richiami bestiali: barriti, ruggiti, ululati, risa fameliche e belluine. L'ultimo era di nuovo, inspiegabilmente, il vagito di un bimbo neonato. Credetti di essere arrivato al capolinea ma nell'archivio restavano ancora una dozzina di cassette. Il terrore mi paralizzò. Stetti immobile per giorni, ingaggiai spietate lotte con me stesso per decidere se avrebbe prevalso il buon senso e la croce, oppure l'ingovernabile curiosaggine umana.

Arrivò la notte di Natale e come di consueto, diedi messa; le monache scalze avevano fatto il presepe e fuori nevicava. Il microfono si ruppe e usai come un tempo soltanto la religiosa amplificazione delle navate. Era una notte perfetta. Il mattino seguente tornai a casa del professore e prestai orecchio al resto dei nastri.

Nei momenti peggiori, quando il bivio è quasi annientato dalle nebbie del dubbio, ancora è più semplice intuire i segnali che Egli pone con accortezza sul cammino di ogni uomo, affinché possa seguire il proprio destino.

Presi i nastri e li passai ad analisi, ma non avevano registrato alcunché. Era solo il respiro del povero vecchio e pochi, insignificanti sbuffi. Restava solo un'ultima cassetta, e fu quella a cambiare la mia vita. Al principio parve un lamento, poi ascoltando meglio realizzai che quelle note sconosciute erano in realtà sillabe, che ostentatamente si ripetevano; dopo ore di confronti constatai la presenza di poche, minimali flessioni alla desinenza. Questa rilevazione disattese i miei dubbi e mi rincuorò. Non erano suoni casuali; dietro di essi c'era un pensiero che si esprimeva, ciò nonostante la decifrazione si rivelò infattibile.

L'alchimista Edward Kelly e l'astrologo John Dee, al secolo di Elisabetta I, sostenevano di comunicare con gli angeli e che essi si servissero di una lingua speciale, detta *enochiana*. Tale idioma, ci dicono i due inglesi, era stato insegnato loro dagli angeli stessi e aveva carattere criptico.

Abbandonai l'impresa che l'entusiasmo neanche era vinto; pensai al manoscritto Voynich e agli oltre quattro secoli che ne protraggono l'inaccessibilità. Inoltre, era un naturale timore verso il Verbo che per tutta la vita avevo servito.

Ma non fu la lingua degli angeli ciò che mi commosse bensì l'ultimo minuto di registrazione nel quale la lingua, che già era stata sublimata dagli esseri superiori, si convertì in musica, esattamente in una nota, frastagliata da molteplici variazioni che ne coloravano la densità. Tuttora sono convinto che si trattasse di un minuscolo frammento della Musica delle Sfere, l'armonia universale che regola l'andamento dei pianeti, il tragitto delle comete e ogni altra cosa. La perfezione di quel suono mi riempii l'anima, come riempie l'anima il tempo speso in imprese d'amore. Gli ultimi secondi fu il silenzio, quel genere di silenzio denso e palpabile che preannuncia l'azione; lo stesso che preannuncia l'amore e nutre lo scontro taciturno di occhi innamorati. Piansi. Alla fine di tutti i linguaggi era tornato il silenzio, che era prima del Verbo e che sarà dopo di esso, e che sempre e per sempre sarà il vuoto nel quale i saggi ripareranno, nel quale ogni discorso si annulla e nel quale tutti i discorsi si esprimeranno nella loro forma più alta.

Tornando all'ospedale gli portai dei fiori di lavanda del suo giardino e un romanzo di nuovissima pubblicazione che non poteva aver letto, forse. Ma il mio fu più un gesto di cortesia perché sapevo che non gli sarebbe più servito leggere né ascoltare alcunché. Guardai il torace vinto, il collo nudo da merlo ed ebbi pietà per quell'uomo che tanto aveva sacrificato alla vita per l'ultima conoscenza. Non vi era più azione che Elia potesse compiere al mondo eccetto quella di tacere.

I cicli epici, l'epopea di Gilgamesh, le Filippiche di Cicerone, i codici bruciati nella biblioteca d'Alessandria, gli evangeli canonici e apocrifi, i Libri dei Morti e delle Vendicazioni, e tutte le generazioni dei testi del mondo sarebbero state un infantile balbuzie di fronte al silenzio cosciente, di fronte alla lingua di Dio.

Tacqui anch'io. Ebbi paura di inquinare quella significanza perfetta e assoluta. Solo in un momento credo che mi guardò, mentre gli conferivo la benedizione dei morenti. Ebbe a guardarmi e gli occhi gli si lucidarono di lacrime. Non so da cosa lo distrassi, quali divine circonvoluzioni andava misurando. Da quel momento ebbi cura di non disturbarlo più.

Marcello Elia morì sei giorni dopo, di insufficienza cardio-respiratoria.

Onirica siciliana

Sto camminando di buon passo lungo il sentiero di campagna che conduce alla porta cittadina. Quando i miei piedi avranno calpestato tre o quattro chilometri ancora, sarò giunto al paese. Alle mie spalle, da dove provengo, è il baglio famigliare dove nacqui e crebbi, insieme a mio padre, mia madre e mio nonno paterno, che lo ereditò da suo padre il quale lo ebbe in regalia, per essersi distinto nell'insurrezione di Segesta, dal Generale del primo Re d'Italia quando assunse la dittatura dell'Isola. Fa caldo, è un pomeriggio d'estate. La grande guerra è finita da appena un anno ed è facile vedere tra le spighe carcasse di carri armati e bossoli di mortaio. Infine, raggiungo la porta cittadina. Mi inerpico su per le strette mulattiere che mi condurranno alla piazza del paese. Alla mia destra vedo scorrere mule cariche di agrumi tirate alla corda da giovani donne in sete nere. Alla mia sinistra sorpasso giovani dai folti baffi con camicie bianche e berretti d'orbace; impercettibilmente, mi rivolgono sguardi riverenti perché sanno chi sono i miei maggiori. Il silenzio è denso, religioso, carico di pensieri trattenuti. Arrivo al punto più alto del paese, dove è la piazza; alcuni vecchi impassibili sorseggiano vino al mosto cotto e masticano olive raccolte in qualche latifondo feudale. Di fronte a me si presenta la sede dell'amministrazione comunale: un antico palazzo borbonico color mandarino; l'intonaco è scoppiato dal sole e dall'indolenza. Alla mia sinistra è la parrocchia della Madonna della Catena. Sulla calce bianchissima si scorgono fori di proiettile e il morso tremendo di una granata che devastò parte del campanile. Al fondo della piazza individuo mio nonno, seduto su una seggiola con la tovaglia bianca del barbiere stretta al colletto della camicia. Mi avvicino, saluto mio nonno e porgo i miei rispetti ai presenti. Prova a parlare ma il rasoio sta giusto scorrendo sotto il labbro inferiore, allora indica dietro di sé e appena il barbiere finisce estrae dalla tasca della giacca un foglio piegato in due; mi guarda e aggiunge ermetico: «Tuo padre», e capisco. Uscendo dalla piazza dispiego il foglio. È intestato dal Ministero di Grazia e Giustizia, sottointestato dalla Prefettura di Palermo. Come oggetto riporta: d.P.R. 22 giugno 1946, n.4. Sgambettando debello tutte le viuzze finché ritorno alla porta cittadina, da lì infilo nuovamente il sentiero che mi ricondurrà al baglio famigliare. Devo essere rapido nella consegna perché il maresciallo arriverà a ora di cena e dovrà trovare il foglio nelle mani di mio padre; si tratta del salvacondotto che gli risparmierà le sbarre del carcere o peggio, la scarica del plotone. Perché lui, ufficiale del regno, militò coi separatisti; lui, che era lume e speranza degli umili, foraggiato da pastori e contadini, nascosto ai rastrellamenti, ora è un latitante negletto. Corro sulla terra polverosa, sulle brecce calcinate dal sole, corro. Cado, mi ferisco le ginocchia, mi rialzo e corro, più veloce che riesco tanto che le tempie battono come tamburi e il cuore mi sobbalza in gola. Ai lati, scivolano gli agrumeti. Ripercorro i chilometri e irrompo nel baglio; oltrepasso l'archetto di pietra e chiamo mio padre ad alta voce ma nessuno risponde; lo cerco ovunque: nelle stanze, nell'orto, nel magazzino degli attrezzi, nel granaio, persino butto lo sguardo nel pozzo al centro del cortile. Oltre la staccionata di confine scorgo Gerlando, uno dei mezzadri della duchessa di Castrofilippo. Alla domanda mi risponde di stare tranquillo perché mio padre è nella boscaglia. Lo ha informato affinché mi riferisca di aspettarlo, giacché rincaserà a breve. Traggo un sospiro; sono stremato, dalla corsa e dall'ansia accumulata inutilmente. Controllo che il foglio ci sia, lo apro, lo rileggo accuratamente. È tutto in ordine. Mi stendo sulla panca sotto il pergolato e mi calco il berretto sulla faccia. Dopo qualche minuto, costretto dal dolce profumo della citronella, scivolo nel sonno.

Mi sveglia mio padre con uno strattone. Non so quanto tempo ho dormito. Devo aver sognato. Ricordo che percorrevo la strada che dal baglio porta al paese, poi salivo in piazza e c'era il nonno a farsi radere su una seggiola. Mi dava il salvacondotto di mio padre, intestato dal Ministero di Grazia e Giustizia, poi di corsa lo riportavo qui al baglio ma lui non c'era, però Gerlando mi diceva di aspettarlo che da lì a poco sarebbe tornato, poi credo di essermi addormentato sotto il pergolato.

«Avanti svegliati. Devi andare subito in paese», dice mio padre.

«Cosa volete che faccia?», ho ancora gli occhi sigillati dal sonno.

«In piazza chiedi del nonno. Deve darti una cosa molto importante».

«Cos'è?»

«È un foglio. Il foglio che viene da Roma. Ne avevamo già parlato». Il suo volto è serissimo.

«Dev'essere qui prima di cena», aggiunge.

«Va bene, vado subito», e mi alzo in piedi.

Sistemo il berretto sulla testa e mi incammino di buon passo lungo il sentiero di campagna che conduce alla porta cittadina.

La città di Dio

Il primo giorno di maggio del 2012, mentre gli altri celebravano la festa dei lavoratori in vuoti rituali, Beatrice Patti, studentessa tirocinante dell'Università "La Sapienza" di Roma, presiedeva le degenze al reparto numero 7 del dipartimento di Psichiatria e Salute mentale dell'ospedale Umberto I. Mi ricordò essere un pomeriggio piuttosto estivo seguito da una sera alquanto invernale. Mentre la vetusta televisione nel gabbiotto trasmetteva immagini e musica del concerto di Piazza San Giovanni, Beatrice si diresse alla stanza numero 3, da dove era partito il trillo del campanello d'allarme. Constatò, non senza smarrimento, il decesso di un anziano uomo dalla barba caprina e la fronte segnata dal mare e dal contrabbando. Sebbene privo di documenti soleva ripetere a ogni domanda, con un improbabile italiano e non senza un remoto orgoglio, di essere armeno naturalizzato greco. Condotto al pronto soccorso sei giorni prima da mani tanto pietose quanto anonime, i medici dedussero dalle malconce condizioni e dalla scomposta prosodia una psicopatologia da accertare e lo inviarono al padiglione. Quando imbustarono il cadavere per consegnarlo al dipartimento di Anatomia, la ragazza trovò una lettera manoscritta sotto il materasso, redatta in neogreco distinto da marcate inflessioni bizantine.

La seguente traduzione ha il sapore della versione scolastica.

Figlio mio, se potrai leggermi, lascia che altri mi leggano. Replica i miei verbi, non lasciare che la mia testimonianza sia sconfitta dall'incedere del tempo. Dimostra ai tuoi vicini, con orgoglio e umiltà, di essere il figlio mortale di uno degli uomini della Civitas.

Ora che su un letto straniero quasi il respiro mi muore in gola, riferisci loro questi deboli paragrafi, che sono opaca parvenza rispetto alla magnificenza per cui stanno. Sappiano che è verità quanto sto per dirti. Non prestare orecchio ai miei calunniatori che mi vogliono bugiardo e pazzo. Io fui Aristocle (che parlò con la lingua di Crizia), Tertulliano il cartaginese, Filone di Alessandria (che difese gli ebrei dall'empietà di Roma), Agostino d'Ippona, il maestro di Jan Baptiste Van Helmont e prima di esso Sho-shenq, Faraone dei Meshwesh, che disse a Solone della Città. Ma sopra tutti fui Rami, cittadino, servo di Poseidon, scriba del palazzo di Atlas, il Re dei Re della Città. Ignoro chi altri fui o cosa feci; ignoro quale Dio volle caricarmi il forte bagaglio che trascino nei secoli. Che abbia io una missione che debba compiersi? O forse un torto che attende riscatto? Come è di dovere, figlio mio, dirò soltanto ciò che so.

Nei tempi precedenti il mio arrivo, quando esistevo ma ero tutto e nessuno al contempo, fu assunta la visione: il Dio demolì le colline, creò cinture circolari d'acque e fece germogliare prestamente la primavera. Inoculò nel sottosuolo gemme grezze incastonate nei minerali e vene sterminate di metalli. Popolò i vasti altipiani di animali primari che mescolandosi diedero origine alle molteplici specie. Gettò i semi e i pollini degli alberi da frutto, delle erbe medicinali, delle alghe e delle piante riproduttive. Poi generò cinque coppie di figli semi-mortali e compartì l'isola in dieci distretti.

Trascorsero molti secoli dai tempi dei primi inverni; gli anziani raccontavano ai fanciulli (ma sta registrato fedelmente negli almanacchi cittadini) che inizialmente i contadi erano appuntati da tonde casupole protette da terrapieni di fango. Secoli dopo, al tempo dolce della mia trascorsa esistenza, potevo ammirare frontoni triangolari, capitelli, porticati e colonnati binari fiondati all'orizzonte.

Le mura, quelle della cintura più esterna, furono erette con conci di pietra nera, grandi come porzioni di montagna e incastrati perfettamente tra loro senza che l'occhio ne soffrisse l'asimmetria. Ricordo, figlio mio, quando anche io ero ragazzo e assieme ai miei compagni sconfinavamo arditamente i cancelli, per brevi incursioni nel selvaggio, per sentirci grandi, con spade di legno. Alla sera, quando tornavamo, sentivamo addosso la rossa penombra di quei giganti. Non potrò mai dimenticare la setosità di quella pietra, più che i dolci seni di una donna.

All'interno era un'altra isola circolare accerchiata anch'essa da canali concentrici simili ad orbite astrali; le sue mura erano più basse e più intricate nella composizione, inoltre erano ricoperte di stagno. Ogni cinta muraria era cosparsa di torri, sorvegliate giorno e notte. A penetrare l'interno fino al centro era il Canale Maggiore: una larga strada d'acqua solcata da triremi e pentecontere che tangeva diametralmente tutti gli anelli e dava accesso agli altri porti anulari, via via minori di circonferenza. Congiunti a esso erano innumerevoli canali minori sui quali erano sospesi ponticelli ad arco. Alcuni canaletti, quelli più interni, erano coperti da centine di legno dipinto. Mano a mano che ci s'internava le mura s'abbassavano d'altezza ma crescevano in fattura: gli ultimi anelli erano ricoperti di rame, bronzo, argento, finché si giungeva all'anello centrale, ricoperto d'oro.

Tra le pieghe del territorio prosperavano i cittadini sui quali aleggiava il felice equilibrio delle stagioni. I distretti erano divisi in sestieri, perfezionati da palestre, ippodromi, accademie e ampie piazze con vivaci fontane. Tutto l'impianto urbano fu forgiato dal susseguirsi dei regni senza che la natura ne fosse affaticata. Ogni pietra che fu posta a comporre lo scheletro della Civitas obbediva alle leggi divine; ogni giardino, ogni muricciolo da cortile, ogni pigra tegola, non vi contravveniva.

Nei contadi si arava la terra e si immagazzinava il legname che poi veniva trasportato nei centri urbani via terra o via acqua. Coltivavano solo il grano necessario per il pane, tenendone scorta per gli inverni.

Vedrai anche tu un giorno, che quando la morte s'appresta, nei sogni più intimi come nelle ore di veglia, a confondere l'immaginazione con la realtà, emergono ricordi segretamente nascosti. La scorsa notte ho ricordato persino quella che fu mia nonna materna. Non ne vidi il nome né il volto, ma le mani. Mani fruste da massaia, mani levigate dal sapone giallo. Ricordo rametti d'erba aromatica in quelle mani, spezzati ai lati dell'arbusto, mai sulla cima.

Gli abitanti dedicavano molte cure agli orti e ai giardini. La dedizione verso la bellezza della natura era dovuta al loro senso estetico ma sopratutto all'integrazione perpetua che sentivano di dovere al creato. Non c'era in loro attaccamento agli ori o alle gemme preziose, non perché non gli piacessero ma perché ritenevano molto più preziosi gli astri, ben più luminosi, o il calmo schiudersi e richiudersi del bocciolo. Allo sfarzo e all'edonismo preferivano la lettura, l'arte e la ricerca della verità, poiché non vi è gioia più immensa che quella di conoscere.

Le opere posteriori alla Civitas come i vegetali di Teofrasto, i libelli di Plutarco, i motti e gli scherzi di Luciano, le poesie di Aristofane, Euripide, Sofocle, la storia di Omero, Erodoto e Tucidide, la grammatica di Teodoro, Esichio e Dioscoride, la medicina di Ippocrate e Galeno e ogni successiva inquisizione sulla musica, l'aritmetica, la geometria, lo studio degli astri e la divinazione, sono pallida ombra in confronto a quanto era riverso nelle nostre biblioteche e a quanto andò perduto nella catastrofe.

Al governo della Civitas era Atlas, il Re dei dieci Re, facenti capo ai dieci distretti. Le decisioni erano ispirate dai principi divini ed essi informavano le sfere che erano per se stesse sovrane. Le dolenti città contemporanee se ne sono allontanate, sull'idea della falsa libertà, sulla convinzione che lontano dalle leggi eterne si possa raggiungere la felicità. Le chiese d'Occidente promuovono la trebbiatura della paglia. Non così nella Civitas. La forte e straordinaria monarchia non promulgava regole ma custodiva i principi e ne istituiva la perpetuazione. Non vi fu mai religione sull'isola. Mai si parlò con la lingua del Dio. Mai fu accennato alle sue parole, perché sapevano che sufficiente è la contemplazione della sua Opera. La sua scrittura è visibile in ogni cosa e ad ogni cosa il cittadino guardava contemplandone con gioia la perfezione, ispirandosene nelle azioni. Nelle pinne di un pesce, nel gracidio delle rane, nell'implacabile putrefazione, sono inscritte tutte le Bibbie.

La morte non spaventò mai gli uomini e le donne della Civitas. Sovente i maggiori di loro, raggiunta la più alta consapevolezza, si toglievano la vita pubblicamente tra il rispetto e l'ammirazione di tutti perché non aspettavano felicità più alta, perché la loro vita era servita all'ultimo intendimento.

Ora che vecchio quasi m'appresto ad abbandonare questi resti mortali, la memoria malferma non riesce a dirmi altro. Non posso lasciarti altro testamento che queste poche righe, scritte con mano malferma. Non proverò a convincerti della bontà di tuo padre perché troppo in vita ha cercato chi era obliando ciò che aveva. Segui te stesso e racconta della Civitas, tramandane l'esempio, traducilo al mondo, realizzalo nelle azioni. Preparati a nuove esistenze, innalzati e cerca sempre di capire. Ricordati quando da bambino, nei nostri autunni a Yeravan, ti feci osservare le gocce d'acqua staccarsi dalla grondaia. Osservale ancora, con attenzione, e intuirai di nuovo il loro insegnamento: siamo tutti gocce d'acqua, che vivono da gocce per un certo tempo, poi la goccia cade e sparisce nell'oceano. Non avere paura di confonderti col Tutto e chiediti: sono una goccia d'acqua o l'acqua della goccia? Perché la goccia d'acqua sparisce ma all'acqua della goccia non succede nulla. Essa torna dov'era prima della partenza e da lì ripartirà. Anzi, le resistenze che incontrava la goccia nella sua caduta, tutto ciò che prima ti faceva soffrire, sparirà. Il tempo di questa vita ti è dato per scoprirti acqua.

Quando saprai della mia morte, non piangere. Serba le lacrime per commuoverti dinanzi al creato. Ignoro dove rinascerò e quale divinità sagomerà nuovamente la mia anima ma mi ricorderò sempre di me e della Città, in segreto. Quando i passaggi si sbloccheranno e la morte, pura e immensa, spalancherà le braccia, berrò nuovamente alla fonte e calmerò la sete, sicuro come l'onda di ripartire.

La Sorgente

La foresta era calma il giorno che accolse il Visitatore. I larici bianchi, come colonnati di marmo, disponevano la pianura in navate dalla tracciatura asimmetrica eppur regolare; le sequoie monolitiche, a Nord, dominavano la selva inviolata; gli orsi, le volpi, le vipere, gli uccelli, gli insetti, erano all'erta. Da poco era finito il temporale e il grembo oscuro si trascinava a Ovest consegnando nuovamente la veduta al sole. Il terreno fitto di vegetali trasudava odori pungenti e l'aria calda infondeva l'essenza balsamica della resina delle acacie. Il Visitatore guardò al cielo le nuvole dileguarsi, si rimise la mappa in tasca e proseguì per la pianura incalpestata verso un cingolo di fusti secolari che accerchiavano la base della collina; lì sarebbe iniziato il percorso che a lungo aveva premeditato. Il Visitatore si chiamava Taylor.

Platone, nel *Timeo*, laddove la forma si unisce al contenuto, ci dice dell'*essenza*; Aristotele, nella *Metafisica*, la nomina nuovamente *sostanza* (o *accidente*); Taylor non era così vanitoso né anelava la pomposa lingua dei filosofi. Obiettivo della sua campagna era facile: arrivare alla Sorgente, nelle sacre concavità della Montagna.

Per vincere la collina aveva acquistato degli scarponi di cuoio usurpato, nerissimi e duri come notte. Inoltre aveva aggiunto alle sue ultime spese (prima di incendiare le banconote rimaste) una molteplicità di chincaglierie tra le quali una bussola e un coltello da caccia.

Dopo tre ore e trentatré minuti di cammino giunse alla base della collina dove iniziava la muraglia d'alberi. Si voltò. La pianura era immobile, il vento delicato carezzava il manto d'erba; già le sue orme erano state dimenticate. Trasse di tasca il pacchetto di fiammiferi e diede fuoco alla mappa, vide bruciare nomi e tratteggi che non erano nella realtà. Fece il primo passo, l'ultimo della sua vecchia vita.

Passarono giorni di marce monotone, colorate da albe e tramonti che sempre più divenivano indistinguibili. Credeva, a ragione, di doversi muovere a Nord, dove la nebbia si infittiva su alte cime di cui riusciva a indovinare le prepotenti proporzioni. Dopo aver battuto per giorni la cordigliera collinare raggiunse una stretta gola sottoscritta da un torrente verde. Si sedette su una pietra grigia, lucida come grafite, aprì una scatola di fagioli e iniziò a mangiare. Con un gesto automatico gettò la latta alle acque, poi si rigirò tra le mani l'apriscatole e gettò anche quello; si rivolse stupefatto verso lo zaino che giaceva di sbilenco al chiarore del mattino. Febbrilmente vuotò il contenuto sulla pietra e in preda a un terrore maniacale di superfluità concesse tutto al torrente con una decisione che non sapeva di possedere. Era il Rapimento, che iniziava a prendere possesso delle sue magre volontà. Quando rientrò in sé la corrente aveva già disperso tutto su rive sconosciute; le scatole di latta, proscritte dalle acque, impercettibilmente iniziarono a demolirsi. L'ossido di ferro anelava a rapprendersi e a tornare al sottosuolo dove in futuro avrebbe di nuovo ingrossato i filoni della miniera.

Le prime settimane da esule furono le peggiori. Le inclemenze del clima, l'incapacità nel procurarsi gli alimenti e la malinconia. Persino la pietà disturbava i suoi piani. Spesso soffriva quando era costretto a sgozzare il coniglio nella trappola. Ma la pietà è un vizio urbano e presto abbandona l'uomo tanto più si avvicina al canto del necessario. Per ingraziarsi gli dei della foresta offriva loro la parte migliore dei pasti; così le squadriglie di lupi non lo braccavano, così i serpenti non gli insidiavano i calcagni. Ma più di tutto dovette combattere contro i demoni che più si accaniscono nell'uomo: la solitudine e il silenzio, che lo spinsero irreversibilmente verso il dialogo interiore. Odiava il suono straniero della sua voce perché non c'era nessuno ad ascoltarla. Le frasi esitanti le vedeva cadere invano nei precipizi. Impose il silenzio sul verbo ma anche questa risoluzione si dichiarò fallace; schegge di verbalità ancora viziavano i suoi gesti. I pensieri inascoltati si cumularono e la necessità di un ascoltatore si fece irrinunciabile. Fabbricò un fantoccio dal busto di ramo e capelli di aghi di pino; gli occhi erano disumani: due asimmetriche vacuità gravate dalla lama del coltello. Lo chiamò Carter. Con questa sinistra entità incardinava ogni genere di discorso: gli spiegava come andava montata la tenda, chiedeva consiglio su quali fossero gli alberi medicinali, si complimentava per averlo consigliato bene nell'arrostire la lepre, o anche, nei momenti più romantici, quando si immergeva nella fluidità rossa del tramonto, disquisiva del tempo e dello spazio, sospirando e carezzandogli i ciuffi sempreverdi. Mai tuttavia, gli disse della Sorgente; tutti gli uomini hanno un segreto inconfessabile.

In questo modo trascorsero molte giornate dalle mattinate interminabili. Le foglie morte impreziosivano la terra come un tappeto e il vento di settentrione annunciava l'inverno con veloci frustate che rigavano l'aria tiepida dell'autunno. Quasi tutto l'equipaggiamento iniziale si era rivelato inutile; in balia di eguali Rapimenti disprezzò persino la tenda e gli abiti; scelse di nascondersi in nicchie rocciose e coprirsi con la pelliccia di un orso che era riuscito a precipitare in un burrone. Rifiutò persino gli scarponi, sostituiti con mocassini di pelle che gli lasciavano tastare le asperità del terreno. Soltanto la bussola e il coltello si salvarono da questo furore igienico; entrambi assolvevano a due illusioni fondamentali alle quali non era ancora disposto a rinunciare: la direzione e la protezione.

L'avanzare dell'inverno assottigliò progressivamente i dialoghi tra Taylor e Carter, che già per loro via si andavano striminzendo. Entrambi cominciarono a sentire quell'imbarazzo che sentono gli umani quando tutto è stato detto e tutto è stato fatto. Una sera, davanti al fuoco, dopo aver abbrustolito funghi di quercia, Taylor avvertì un astio crescente che presto si gonfiò in odio. Carter se ne stava sul lato opposto dell'incendio e lo fissava sbigottito. Suppongo che quello fu il Momento in cui iniziò la parabolante discesa della loro amicizia. I dialoghi diventarono sempre più circostanziali, acquisirono una formalità innaturale; l'ipocrisia e la viltà si insinuarono come serpi velenose. Se lo portava ritto dietro la sacca e ne percepiva la presenza ingombrante dietro la nuca.

Percorse molte leghe in cerca della Montagna, scavalcando erte colline, annaspando in acquitrini, credendo la propria figura confondersi tra i canneti. A ogni passo aumentava la percezione che aveva delle cose; ogni masso scavalcato, ogni ramo incendiato, ogni nido depredato, aveva una valenza simbolica oltre che pratica: era la sua esistenza che si denunciava al mondo e a se stesso; era il sacro che faceva cuneo sulla quotidianità. I gesti si raffinarono fino a ripulirsi da tutte le eccedenze. Nell'austerità si obbedisce alla grammatica della vita. Persino quando volgeva lo sguardo non produceva una sola tensione che non fosse giustificata; i suoi occhi si muovevano come quelli della tigre: attenti, rigorosi, misurati, esatti, essenziali.

Il giorno nove di febbraio (data utile solo alle nostre oscure misurazioni) Taylor vide la Montagna. Nelle due settimane che precedettero l'evento aveva costeggiato le fiancate violente di una catena montuosa ma nessuna di quelle vette gli aveva parlato. Risalì fino a un passo montano dove due cordigliere si giungevano. Traversato il passo si dispiegava una dolce radura circondata da massicci posteriori che la ombreggiavano parzialmente. Al centro era la Montagna. La riconobbe subito perché sulle sue altezze nidificavano aquile e i massicci circostanti erano chini in segno di rispetto. Poi fu la Montagna stessa a rivelarglisi, ma di questo dialogo non mi è concesso far voce né ho la pretesa che i volatili e pulviscolari linguaggi umani possano servire a tale scopo. Alle pendici costruì il campo base. Il suo nomadismo poteva dirsi al termine. Agli occhi della Montagna era simile a un guerriero dei tempi andati che cingeva d'assedio le sue costole di pietra. Alieno all'impazienza, devoto al suo scopo invincibile.

Verso la fine dell'autunno tutto era operativo per far fronte all'inverno. Scelse una fenditura che attrezzò a rifugio, con pagliericci, corde intrecciate e una grata di legno temprato in ingresso; inoltre ebbe il tempo di essiccare strisce di selvaggina e accatastare legna da ardere. Avrebbe dovuto attendere il disgelo per esplorare la roccia in cerca della Sorgente. Questo periodo progredì lento, come per tutti gli esseri, nel riposo e nella chiarificazione. Trascorreva i pallidi pomeriggi invernali fuori la grotta, sgranando cereali selvatici.

Ormai i dialoghi con Carter erano ridotti a poche sillabe balbuzienti; Taylor non si fidava più, si era convinto che se fosse venuto a conoscenza dei suoi proposti riguardo la Sorgente lo avrebbe derubato e forse ucciso. Inoltre il problema che sollevava era di tipo ontologico: i granelli di Montagna che raccolse, giorno dopo giorno, custoditi gelosamente come diamanti, non dovevano entrare in suo possesso. Non era una faccenda di gelosia (erano mesi che la foresta, con i suoi esempi mortiferi, gli aveva imposto l'abbandono dei sentimenti indotti) bensì di verità: la consapevolezza non si trasmette con imprese filologiche né con racconti orali, tantomeno (è superfluo ricordarlo) con trattati ermeneutici. Se Carter glie li avesse sottratti se li sarebbe passati stizzosamente da una mano all'altra, non né avrebbe saputo la potenza, dunque li avrebbe violati, condannati, avrebbe rigettato la loro sacralità. Taylor non sopportava più la sua presenza, eppure era come legato a quella oscura entità. Lo accudiva a suo modo: lo ripuliva dalla caligine, asciugava l'umidità del busto imprecando, quando lo vedeva triste gli porgeva poche sgarbate consolazioni. Ma in cuor suo era da tempo che voleva eliminarlo. Consumava i momenti di riposo ragionando a denti stretti sulle modalità dell'uccisione; poi la sera, quando entrambi sedevano al fuoco, lo guardava di sbieco.

Cassirer, a cavallo tra i due secoli, affermava che il parlare è il mezzo attraverso il quale si esprime il pensiero, ma anche che senza parole a disposizione non si può pensare. Questa bidirezionalità solleva la soluzione riguardo l'origine del linguaggio, che a tal punto coincide con l'origine del pensiero e quindi con l'origine dell'umanità. Questa conclusione sbrigativa e sillogistica può rivelare Taylor sotto una nuova luce, infatti dal momento in cui mosse il primo passo nella selva si innescò in lui una revulsione dei piani ontologici. Sentì il bisogno di tacere prima, il bisogno di non pensare poi. Ma queste affermazioni sono ingannevoli. È più corretto dire che sentì il bisogno di non pensare quel tipo di pensiero che precede l'atto verbale, che cedette progressivamente terreno a un altro tipo di pensiero. Mentre l'inverno serrava le mascelle, Taylor, al tiepido del focolare, recuperava le sillabe silenziose del Linguaggio Universale.

Dunque a un certo punto, accadde ciò che doveva accadere. Ciò che era giusto accadesse. Senza cerimoniali patetici, senza finzioni estetiche. Una sera arrostiva patate selvatiche sotto la cenere, al chiarore della grotta. Fuori le raffiche di vento mitragliavano la neve. Prese Carter. Era invecchiato; i capelli erano diventati fragili e bruniti. Lo afferrò senza nemmeno guardarlo, come fosse stato un qualsiasi legno della catasta e lo buttò nel fuoco. Si consumò sotto i suoi occhi senza che provasse rimorso o pietà. Le passioni umane si erano dissolte. Quegli inutili sostantivi nemmeno li ricordava. Era la giustizia e i principi superiori che muovevano le sue azioni. Le leggi, quella pesante gioielleria che indossa la gente di città, erano diventate inservibili. Tutto ormai era inservibile: le canzoni, le poesie che mandò giù a memoria, i concerti, le pellicole in bianco e nero, le cartoline compilate in aeroporti stranieri, le lettere impudiche e teneramente ingenue, le lezioni di geologia sulla convessità dei deserti, gli scatti nostalgici della sua polaroid, la sua calligrafia minuta e irregolare da medico, le chimeriche tramature delle radiografie, la terminologia tecnica dell'oncologo che gli annunciò la fine di sua moglie, i dolciastri paragrafi uditi nell'Abbazia di Dunfermline, la congiuntura convenzionale delle costellazioni, la geometria euclidea, la statistica imperfetta delle carte francesi, la croce fosforescente della farmacia notturna, le indicazioni e le controindicazioni degli antidepressivi, la figurazione dei circoli orbitali, gli oggetti misteriosi i cui nomi usurpano gli uomini, i molteplici processi consequenziali che dipartono da una frase e si risolvono con una parvenza d'amore, l'alfabeto fonetico, la numerazione latina e slava, il sistema metrico decimale, le sigle della tavola di Mendeleev, e persino l'ermetica penna del Maestro che lo aveva persuaso a intraprendere la ricerca della Sorgente non aveva più ragion d'essere, e proprio per questo, essa aveva servito la sua missione. Ogni cosa era un vago ricordo e ogni cosa si era dimostrata un palliativo che verteva su un illusione di felicità della quale non ricordava nemmeno più l'insensatezza. Ogni cosa era dissolta, ogni cosa era trasformata, ogni cosa era diventata percezione. Nell'isolamento aveva compiuto l'ebrezza della vacuità totale e la sua mente, giunta al più alto grado di riconoscimento, era tornata alla sua vera natura, primordiale e immanifesta, e in essa si dissolse quietandosi. Non più esperienza ma intuizione folgorante. Aveva dimenticato le parole, il suo intelletto le aveva rigettate come fossero stati corpi estranei. Non servivano, riusciva a comunicare con Tutto senza bisogno di significanti. Persino il suo nome aveva dimenticato; avresti potuto chiamarlo: petalo, calabrone, lagrima, corteccia, tempesta.

La mattina seguente quella notte si affacciò dalla grotta. La primavera cominciava a schiudere i blocchi dell'inverno. Inspirò l'aria fredda come mai aveva fatto prima. Era felice, senza saperlo. Niente avrebbe più potuto turbarlo. La bussola e il coltello giacevano dimenticati in un angolo. Ormai apparteneva al mondo e il mondo gli apparteneva e le difese servono a chi teme la morte ma per lui nemmeno la morte esisteva più perché morendo avrebbe risalito le segrete vene delle piante fino in alto per poi rinascere sulle nuvole e precipitare di nuovo in terra per rivivere, incessantemente.

Persino la Sorgente era un vago ricordo. Ovunque fuori la grotta, rivoli d'acqua discendevano dalle cime dei monti.

Il racconto del Provveditore

Il sole stava già scomparendo dietro le dune quando i condannati furono condotti sul dromone reale.

L'ultima luce riverberava filamenti dorati sulle onde, che incedevano calme e regolari. Sulla sabbia palpitante i grigi macigni regolavano la temperatura. Sotto gli scogli, i granchi attendevano trattenendo il respiro.

Il Provveditore li fece salire in fila indiana sulla passerella e li sistemò a sedere dietro il cassero. A notte fonda sarebbero stati giustiziati: l'accusa era di sedizione, alto tradimento e attentato alla vita del Re. La memoria voleva che i condannati che si macchiavano di tale crimine fossero giustiziati a notte fonda, quando Al-Ghūl, l'astro del demone, avesse voltato la testa. Altra consuetudine era la casualità della morte. Qualsiasi delitto veniva punito con castighi ben ponderati all'offesa, ma per chi bramava la morte del sovrano era il bussolotto di corno ed ebano, il cui unico detentore era il Provveditore, a decidere. Il caso, che vi era formalizzato, avrebbe scelto il pugnale, il laccio o il veleno. Questa feroce accortezza dimostrava però una rudimentale misericordia: gli impavidi che avevano sprezzato la vita tanto da alzare la mano contro il palazzo avrebbero avuto l'opportunità di intendere, nella casualità della morte, le ragioni del loro destino. Il Provveditore lasciò due guardie sul ponte e congedò il resto della scorta. Si sedette davanti ai condannati sospirando come un padre scontento. Si diede una pacca sulle ginocchia e volse lo sguardo al mascone di dritta dov'era la linea orizzontale del mare, che sfumava nel crepuscolo. Ragguagliò i presenti sulla tradizione della loro terra che voleva dato il diritto al condannato di raccontare la propria storia. Uno dei prigionieri guardò le mani del Provveditore e notò l'insufficienza di ambo i mignoli. Sprezzante gli chiese perché non fosse lui a parlare per primo e a raccontare il motivo di quella mutilazione. Il Provveditore lo fissò negli occhi, senza sconcerto, poi si passò il bussolotto da una mano all'altra.

«Ebbene, giacché dobbiamo attendere la tenebra e giacché le mie parole moriranno con voi, comincerò io e vi racconterò quel che mi accadde», disse.

«Dovete sapere che prima di essere investito della provveditura, dall'Emiro in persona, io ero un semplice sarto. Mio padre era nel novero dei più grossi mercanti della città. Alla sua morte, dopo aver soddisfatto le devote letture rituali del Corano e aver portato il lutto per trecentotrentatre giorni, riaprii la sua bottega e rinizai a lavorarci.

Una mattina presto, al mercato, apparve ai miei occhi una fanciulla di compiuta bellezza, con degli eunuchi a scorta. Girò per i banchi fino a che si apprestò al mio e mi chiese dei tagli di stoffa. Le risposi di essere povero, che nulla potevo avere che fosse degno di vestire la sua bellezza, ma che sarei andato io stesso a cercarle ciò che voleva. Ci addentrammo così in una conversazione che durò un'ora, e al fine mi salutò scoprendosi il volto: il primo sguardo che le diedi bastò per far nascere in me l'amore e i suoi tormenti. Andai a cercarle tutte le stoffe che voleva, diedi poi il pacchetto all'eunuco e se ne andarono. Intimidito dalla sua perfezione, non ebbi coraggio di chiederle dove abitasse e se ci saremmo mai potuti rivedere. Di ritorno a casa, ero troppo ebbro d'amore per mangiare o bere. Infine, caddi preda dell'insonnia.

La settimana successiva, contro le mie aspettative, la vidi riapparire alla mia bottega, con la stessa scorta di eunuchi. Conversammo un'altra ora e mi diede ordine di comprarle altre mercanzie. Mi salutò e anche questa volta, affogato nell'oceano del mio amore per lei, non ebbi la forza di chiederle il suo domicilio.

Passò più di un mese senza che lei comparisse e io infiammavo al desiderio di potergli parlare di nuovo. Mentre mi trovavo nell'incertezza e nella disperazione ecco che tornò a farsi viva. Conversammo per un'altra ora. Mi domandò se avessi moglie. Le risposi che no, che non ero mai stato sposato, e piansi. "Perché piangi?", mi chiese. "Per la gioia", le risposi. E così le rivelai il segreto che tenevo debitamente nascosto. Lei sorrise e mi rispose che al più presto mi avrebbe inviato un eunuco e io avrei dovuto fare quello che mi avrebbe detto. Così ci congedammo.

Poco tempo dopo ricevetti la visita dell'eunuco e le chiesi notizie della sua padrona. "È malata a furia di essere innamorata di te", mi rispose. Mi sentivo sul punto di prendere il volo. "Dimmi un poco chi è", chiesi all'eunuco. Mi rispose che era la figlia di una delle concubine dell'Emiro e che aveva parlato a lungo di me alla Regina Madre e le aveva chiesto, pregandola, il permesso di sposarmi. La Regina, nella comprensione dell'amore, pretese di vedermi, e sebbene fossi povero, se la mia bellezza fosse stata pari a quella della sua protetta e se le mie parole l'avessero convinta della sincerità del mio sentimento, avrebbe provato a persuadere il marito affinché mi nominasse col sigillo nobiliare della sua casata, rimuovendo ogni ostacolo al matrimonio. Poi l'eunuco aggiunse che affinché la Regina mi vedesse e si sincerasse delle mie forme, sarei dovuto introdurmi nei suoi appartamenti senza destare sospetti, in caso contrario ci sarebbe stato il taglio della testa. Decisi di tentare, sfidando tutti i pericoli, ed egli, stupito dalla mia audacia, mi diede indicazioni.

Quella stessa notte mi diressi verso l'Oratorio sulla sponda del fiume, quello che Donna Zubayda fece edificare nove secoli prima. Vi entrai e dopo aver recitato la preghiera canonica che l'ora richiedeva, mi sistemai sulla riva. All'alba vidi un'imbarcazione piatta accostarsi. Trasportava parecchi bauli destinati al luogo di preghiera e scortati da una schiera di domestici. Uno di essi, celatamente agli altri, mi fece chiudere dentro uno di quei bauli e così prendemmo la navigazione.

Ah quanto mi pentii nel corso del viaggio di aver accettato quell'avventura! Mi sentii perduto e invocai il soccorso dell'Altissimo, supplicandolo di sottrarmi al pericolo.

Venne il momento in cui, al momento del trasbordo, i bauli furono scaricati davanti alla porta del palazzo. L'entrata era sorvegliata da guardiani appositamente destinati a custodirla. I guardiani lasciarono passare il carico e io osai quasi credere di essere scampato alla morte quando il Capitano intimò di aprirli tutti. Mancò poco che perdessi la ragione, e sicuro di morire decapitato, dissi addio alla vita. "Signor Ufficiale", disse il domestico complice, "non aprirli questi bauli o farai la tua rovina, perché essi sono destinati alla Regina Madre e contengono stoffe colorate e un'anfora a collo, piena d'acqua del pozzo sacro attiguo al santuario della Mecca. Pensa se quest'acqua cadesse sulle stoffe, sicuramente ne scioglierebbe il colore". Il Capitano, impacciato, rinunciò all'ispezione e la carovana proseguì. Il mio baule fu deposto nell'appartamento dell'eunuco che poco dopo entrò precipitosamente e sollevò in tutta fretta il coperchio, poi mi indicò un altro nascondiglio, che sarebbe stata la mia dimora fino a quando la Regina mi avesse concesso la grazia dell'udienza. Dopo sette giorni e sette notti, fui fatto uscire e all'improvviso mi comparvero davanti dieci ancelle di bellezza pari alla luna piena. Si disposero intorno a me in un cerchio perfetto, poi spuntarono altre venti vergini dal seno tornito. In mezzo a loro era la Regina. Le portarono un sedile. Si sedette e io mi inginocchiai. Avanzai, baciai la terra davanti a lei e attesi. Mi fece alzare, poi ordinò alle ancelle di denudarmi e si mise a interrogarmi. Risposi alle domande meglio che potei e questo la riempì di vivissima soddisfazione. La sera stessa parlò all'Emiro sul progetto di darmi in moglie una della sue figlie ordinarie. L'Emiro acconsentì e impartì gli ordini rituali che precedono la cerimonia. Dimorai dentro il palazzo in compagnia delle ancelle dieci giorni e dieci notti durante i quali non venni tuttavia autorizzato a vedere colei che amavo. Trascorso tale periodo, la Regina mandò a chiamare un ufficiale di giustizia. Fui incaricato dello stemma della casata e venne redatto il contratto di matrimonio. Si celebrarono così gli sponsali e le nozze. La tavola allestita per l'occasione fu sontuosa, offriva le pietanze più rare, i dolci più succulenti. La mia promessa fu finalmente condotta dalle ancelle al bagno rituale. Per parte mia, mi tenni pronto per l'avvenimento. Nell'attesa mi presentarono parecchi piatti, fra i quali delle interiora di montone farcite di carne, insaporita con cuori di pistacchio macerati in uno sciroppo di aglio, cumino, zafferano e zucchero candito. Che fretta di mettermi davanti a quel piatto, da cui presi tutto ciò che riuscii a ingerire! Dopo di che mi asciugai le mani senza farvi ulteriore attenzione. Effettivamente, l'Altissimo aveva permesso che mi distraessi e dimenticassi di insaponarle per togliere l'odore della carne di montone. Quanto è rigorosa la sua mano, sebbene alla fine si riveli generosa! Restai seduto al mio posto fino al cadere della notte. Furono accese le candele, poi arrivarono i cantori ufficiali dell'Emiro, ciascuno accompagnato dalla sua orchestra. Il tamburello fu largamente percosso, le dame intonarono i canti, i cori risposero alle melodie dei solisti. Poi si formò il corteo e la sposa lasciò le sue stanze per percorrere con esso le varie sale del palazzo, una dopo l'altra. Al suo passaggio, ognuno le gettava un regalo: tagli di seta, astucci di gemme o borsellini pieni di monete d'oro. Finalmente, essa arrivò nella sala dov'ero io. La liberarono delle vesti più pesanti e ci lasciarono soli. Ci coricammo e l'abbracciai, ancora incredulo della realtà della nostra unione. Proprio in quel momento, sentendo le mie mani ancora tutte impregnate dell'odore del montone, lanciò un urlo. Le ancelle si affrettarono ad accorrere in suo aiuto e in breve intorno a lei ci fu una moltitudine di persone mentre io tremavo dal panico, tanto più forte poiché ignoravo la causa della sua agitazione. "Mia Signora", le chiesi, "perché urlate?". "Dissennato!", rispose. "Hai trascurato di insaponarti le mani dopo aver mangiato il montone! Ma come? Avere il coraggio di entrare nel letto di una donna della mia condizione con le mani che puzzano di montone!".

Non volle più rivedermi e pretese all'Emiro di ripropormi il trattamento dal quale scampai: la decapitazione. L'Emiro mi dette alle carceri per undici giorni, dopo di che mi fece chiamare per l'udizione della sentenza. Cosa inaspettata fu trovarmi accanto la mia innamorata, anch'essa nelle vesti di imputata. Pena la sua imperizia, le fu predisposto il patibolo sul quale fu strangolata. Quanto a me, mi venne risparmiato il taglio della testa giacché oramai appartenevo al lignaggio ma mi furono tagliati a fil di coltello i mignoli delle mani affinché ricordassi l'affronto e non potessi più risposarmi. Al fine, l'Emiro volle premiarmi per il coraggio che mi dette l'amore, con il quale io, semplice sarto, sgominai le difese del suo palazzo. Venni investito della provveditura e gli giurai fedeltà, recitando la formula classica che voleva la sua vita davanti la mia. E così è stato, per trentatré anni da allora gli ho reso servizio e ho reso servizio al regno».[1]

Non appena il racconto ebbe fine, gli altri condannati si guardarono e si stupirono di aver perduto uno dei compagni, proprio colui che aveva chiesto al Provveditore dei suoi mignoli. Nella penombra, e complice l'ipnotica narrazione, era riuscito a tagliare i lacci e a gettarsi in mare. Stranamente non sentì l'urlo delle guardie o il sibilo della freccia. Nuotò ferocemente contro i grigi marosi fintanto che raggiunse

---

1 Il presente racconto, colpevoli il Provveditore e i suoi epigoni, non è esente da antiche e nuove interpolazioni.

la banchina. Poi fu la frenetica corsa. I sentieri piastrellati sembrarono fruscii di polvere ai suoi occhi atterriti dal sale e dalla speranza. Ingiustamente, si sentì inseguito, braccato, e corse scegliendo vicoli deserti, seminando i suoi passi nel denso dedalo del reticolato urbano. Arrivò alle scogliere. La città era diventata una macchia confusa nelle lontananze della valle. Le sue strade erano ormai indistinguibili né più esistevano tra l'irrisoluto tessuto color ocra. Era loro inaccettabile dominare la nerezza della notte o la parzialità dell'occhio umano. Il fuggitivo si abbandonò in terra e normalizzò il respiro. Quasi un sorriso gli increspò le labbra. Ora lo avrebbero cercato, avrebbero posto taglie sulla sua testa, avrebbero rivoltato il territorio per snidarlo, eppure era scampato a morte certa ed era ebbro nella speranza della continuazione. Decise di riposare qualche ora così che la notte fosse scesa maggiormente nelle sue concavità, e pure i suoi ragionamenti. Scelse una grotta sconosciuta al lato della torreggiante parete rocciosa. Si appollaiò come un gabbiano o una procellaria. Dietro di lui era la terra, stolida, impervia, carica di storia imprescindibile; davanti era il monotono mare, il cui grembo fecondo esplode e corrompe la vita. Ricordò se stesso undicenne quando lo vide per la prima volta lungo la banchina del porto con suo padre e gli odori dolciastri del mercato. Ricordò il vento e lo percepì come allora: un amante che sbatte il mare con ritmo costante in una danza orgasmica dalla notte dei tempi. Senza curarsene, un gabbiano atterrò nel nascondiglio e iniziò a spezzare un granchio che invano si dimenava. Volse i ricordi a ripercorrere il cerchio della vita. L'infanzia, il villaggio fra le montagne, le tende di cuoio di cammello, l'acqua di cipero nelle terracotte, la transumanza all'oasi di Najran, le marce al crepuscolo, i datteri e le albicocche, le favole primitive attorno ai falò di sterco. Rievocò le scimitarre di ferro e i cavalieri che massacrarono i suoi consanguinei e violarono la grotta del Jinn. Rievocò il giuramento di sangue e vendetta. Poi rivide il gruppo di ribelli, l'ombra e la candela, il covo e il disegno, e infine la Camera reale. Riascoltò il clangore dei colpi, lo sbaraglio, l'amara consistenza della veglia. Credette, fin quando realizzò la rovina, di essere un messaggero, uno strumento divino fattosi carne per portare giustizia alle sue genti e alla sua terra. Credette persino, dopo giorni di appartata contemplazione, di essere il profeta. Ora, avvilito dalla miseria, sentiva le voci delle profezie mistiche diluirsi tra i fischi del vento.

Il cielo si era intricato e Al-Ghūl procedeva nell'invariabile rivoluzione. Si meravigliò nel vedersi le mani prive di tremori. Sapeva che da qualche parte in città, metallici capitani stavano già impartendo istruzioni ma non riuscì ad averne paura. Quella realtà era ormai lontana e forse non esisteva nemmeno. Cullato dalla monotonia delle onde cadde preda del sonno. Sognò se stesso nella grotta, poi un'altra figura che sembrò essere il suo doppio incluso in una bolla d'acqua (che sospettò essere il mare), mentre tutto intorno il mondo sfumava. Ascoltò le parole del suo generato, che lo volevano pazzo e ignorante. Vide la bolla espandersi e assottigliarsi fino a rompersi in un'esplosione di luci iridate che sconvolsero la geografia e storsero la linea dell'orizzonte. Si svegliò. Inevitabilmente tornò alla storia del Provveditore: il mercato, la fanciulla, le stoffe sul banco... ma non riuscì ad andare oltre e provò a immaginare la conclusione, così come la conclusione delle storie di tutti gli uomini. Inizialmente credette che ogni conclusione fosse possibile perché ritenne infinito il numero di combinazioni degli eventi che avrebbero portato all'amputazione dei mignoli. Poi ragionò meglio. Il numero di combinazioni, per quanto enorme, sarebbe stato comunque finito e a un certo punto i finali non avrebbero potuto far altro che ripetersi. Questa certezza gli diede speranza ma prestamente si scontrò con l'immanenza delle cose: il tempo di una notte era insufficiente e se anche gli fosse stato concesso il tempo di tutti i mondi mai avrebbe avuto la certezza di quale fosse stato il racconto autentico, cioè quello raccontato dal Provveditore poche ore prima sulla nave. Lo avrebbe incontrato certo, dopo secoli di farraginose copie imperfette, ma il dubbio sarebbe perdurato per l'eternità. Anche sapeva, segretamente, che ogni versione falsa sarebbe stata autentica e la versione autentica, probabilmente falsa, per la sola ragione di essersi denunciata alla realtà. Ma questa verità non gli bastò.

Su una punta di roccia, noncurante alle deduzioni umane, il gabbiano guardava stringendo le palpebre gialle. Dabbasso, le onde come grigie asce di metallo affilavano il calcare.

Con la volontà che non conosceva ripercorse il tragitto fino a vedere gli stretti vicoli della città, risorgere. Sentì urla e tumulti. Al fuoco delle torce, gruppi di insorti infiammavano le strade. I colori lo convinsero che era una sommossa popolare guidata da una fazione antireale; la stessa in cui lui aveva militato. L'intera regione si stava sollevando dopo la spinta del loro fallito attentato.

Raggiunse il porto e il dromone reale. Le guardie non c'erano più; avevano disertato. Respirò profondamente e attraversò la passerella. I condannati erano ancora lì, con il Provveditore. I loro polsi erano liberi. Al-Ghūl aveva voltato la testa e splendeva alta contro la volta del cielo.

«Ti stavamo aspettando», disse il Provveditore con un sorriso. «Vieni ad ascoltare la fine della storia».

La ragazza del focolare

È quasi mezzogiorno e sto ancora nel letto. Dormiveglia alternato a sprazzi di sonno e sogni scomposti. Nel sonno posso trovare un facile sollievo, un'isola sulla quale approdare senza il timore di essere seguito. Nell'addormentamento i sensi iniziano a mollare la presa, la coscienza sfuma come una macchia d'acqua sull'asfalto rovente. Dormire è come morire. In quelle ore, forse secoli nelle ignote misure oniriche, mi è concesso il permesso di vagare senza direzione, come un'anima dannata e senza testa. Le leggi fisiche vacillano, le unità di misura divengono inutili, la gravità perde peso e i discorsi obbediscono soltanto all'antica lingua della verità. In quei luoghi avulsi allo spazio e al tempo mi ritrovo a contare semi di lino ai piedi di tremolanti cipressi o a pregare dentro templi di terracotta. Spesso lo scenario si squarcia come un velo e apre la visuale ad altri scenari dai contorni indistinti, dominati da flutti fumosi e umidità. Appaiono tratturi transumantici o impossibili viali di metropoli disabitate. Altre volte si tratta di luoghi familiari con persone sconosciute nella vita reale ma intimamente vissute nel sogno.

Mi vengono in mente pochi significativi versi:

L'inconscio ci comunica coi sogni
frammenti di verità sepolte:
quando fui donna o prete di campagna,
un mercenario o un padre di famiglia.
Per questo in sogno ci si vede un po' diversi e luoghi sconosciuti sono familiari.

Sento i dodici rintocchi di campana. Le tende non riescono a trattenere la prepotenza del giorno. Il rosso più rosso è quello dell'interno delle palpebre, dove i demoni scalciano. È quello il momento peggiore della giornata: sveglio senza voglia di alzarsi, dormito troppo per riprendere sonno, troppo poco per mettere i piedi fuori dal letto. È la sensazione quotidiana di abbandono alla vita. Assaporo la consistenza della stanchezza post-sonno: cervicale, torcicollo, nevralgie. Le fibre muscolari fiaccate da inutili sonni abusati; giunture gracchianti, cartilagini intenerite, serpentelli che appena strisciano sotto pelle. La bocca è asciutta; la saliva prosciugata da sogni di baci d'amore. Nei tempi barbari toccati alla mia generazione il suicidio potrebbe essere la soluzione, ma non sono ancora troppo felice per questo; se l'inferno è un letto dove non riesci né a dormire né ad alzarti, preferisco vivere, per avere ogni giorno la certezza che la morte sia una rinascita.

Ma questa sarà la giornata buona; non sentirò il morso dell'ansia né l'incursione del panico. Uscendo incontrerò palazzi come monti altissimi, levigati di vetro e d'alabastro, torri di corno bianco, strade lastricate di ossidiana. Le case saranno di pan di zucchero.

La metro boccheggia, la gente assomiglia a pesci rossi in bocce d'acqua viziata da escrementi. La giovane signora in piedi, in camicetta bianca e trolley griffato, è una bestia da dominazione come tante ce ne sono. Il tono della voce e il lessico innaturale ne contraddistinguono l'origine familiare operaia (a forte vocazione piccolo borghese) e il fatto di essere figlia unica. La madre l'avrebbe voluta modella, il padre dottoressa. Mentre parla al telefono intuisco trattarsi di una dirigente d'azienda, una manager (volendo usare un fortunato anglicismo), dunque una via di mezzo tra le due genitoriali aspirazioni. Conclude la telefonata lavorativa e chiama il marito. Il cellulare sembra essere una propaggine della sua stessa persona. Percepisco le immolate pause di quel piccolo uomo aggredito giornalmente nell'orgoglio, simile al Prometeo del classicismo. Sono certo che già da bambina faceva gavetta denudando bambolotti di marca, intrattenendocisi qualche giorno per poi farsi comprare il successivo sostituto che il mercato dei giocattoli imponeva. Le strade, sopratutto quelle del centro, traboccano di donne di questa razza. Il marito e il passeggino sono ornamenti, come il punto luce di Swarovski o la dispendiosa borsa, che tengono appollaiata sull'avambraccio teso ad angolo retto. Guarda la gente intorno e sbuffa, poi guarda me e sbuffa. Non vede l'ora di uscire dalla carrozza affollata per poi non vedere l'ora di uscire dalla metropolitana, per poi non vedere l'ora di raggiungere il posto dov'è diretta, per poi non vedere l'ora di uscirne di nuovo, in un incessante, farneticante corsa senza meta.

Mucchi di carne da macello risalgono le scale mobili, come la catena di montaggio di un mattatoio. Mi vedo anch'io come un vitello, triste di dover morire per sfamare il vizio di esseri senza funzione. I loro fiati saturano l'ambiente in un silenzio assordante e si lasciano tacitamente trasportare da quei nastri meccanici, così come la loro vita, trasportata da meccanismi di cui ignorano il funzionamento. La città si concretizza nel branco che si coagula in grumi di angoscia silenziosa cercando calore nel battito stanco del vicino più prossimo; tormentati nel sonno, stremati alla veglia, avviliti da felicità in confezioni di plastica, schiacciati da depressioni come larghe concavità sfondate da meteore sulla pelle del deserto.

In superficie la gente va e viene in direzioni uguali e contrarie. Le strade sono sature dal fitto flusso di veicoli. Simili agli insetti.

La città è vetro, amianto, calcestruzzo. Terra gentile ricoperta d'asfalto che si squarcia in qualche malinconico quadrato. La vecchia quercia del marciapiede ha radici come dita di piedi in scarpe troppo strette. Fiumi di bitume, fiumi immobili, senza divenire. Senza corrente né direzione. Senza salmoni argentati controcorrente per accoppiarsi. Agli argini proliferano poligoni tumorali di mattoni e cemento. Si nutrono risucchiando come zecche il sangue del sottosuolo estenuato. Forse c'è una soluzione a tutto questo ma non può riguardare il branco.

Gli gnostici, nel III secolo, affermavano che la salvazione dipende da una forma di conoscenza superiore e illuminata, raggiungibile solo mediante un percorso individuale di ricerca della Verità. Forse ci si può ancora avvicinare al sentiero che porta al bosco e percorrendolo vedere vecchi edifici sventrati sotto i colpi degli elementi, vecchi mattoni sbrecciati in terra e tondini incurvati e arrugginiti. E rovine, molte rovine, avvolte da rampicanti selvatici che fasciano e guariscono. Ma è una soluzione individuale; non può riguardare il branco.

Vi voglio morti. Tutti quanti. Sbranati da truppe di tigri feroci, da squadriglie di lupi, da flotte di rapaci strapiombanti. Squarciati da artigli, divorati da zanne limate da ossa frantumate. Chili di muscoli lucidi che si abbattono su cosce svigorite, molli carni stracciate e poi sangue copioso a nutrire il campo di battaglia. Infine solo il rumore del mondo e fauci ruggenti chiamare vittoria.

Le esaltazioni eroiche di attaccamento alla vita vengono interrotte dal mio amico Michele che incontro nel bar dove faccio colazione. Mi invita a casa sua in montagna per un fine settimana con altri amici e amiche. Lo informo sulla probabilità di pioggia, ma non sembra curarsene. Accetto infine. Esco dal bar e già alcune gocce mi cadono in testa. La pioggia di città non è come quella di montagna. È densa come olio, anch'essa falsa, carica di ospiti inquietanti, di metalli pesanti raccolti sulle nuvole, trasportati da fumi velenosi, ridiscesi ad alimentare la terra col loro carico mortifero. Il pane spezzato sugli altari è una massa blasfema, ricettacolo di rifiuti inorganici.

Ho sempre preferito la montagna rispetto al mare. Il mare cela le proprie profondità mentre la montagna le esalta, come uno specchio o un guanto rovesciato. Non ancora incline al tempio, la montagna è l'unico luogo dove riesco a percepire una testimonianza dell'ordine perduto, un filo da seguire tra le inestricabili matasse della civiltà. Tra le cime inesplorate dei larici aleggia una cara presenza, appena palpabile, eppure viva, necessaria. Soltanto con quel genere di aria riesco a respirare a polmoni pieni senza timore. I legni, i muschi, i sentieri accerchiati da muraglie naturali custodiscono ancora il mistero e le leggi dimenticate.

Arriviamo dopo un'ora e mezza di tragitto. Il cielo pare reggere anche se si intravede una nuvolaglia oscura a Ovest, in direzione della costa tirrenica. La baita del mio amico è piccola e accogliente. I muri sono rivestiti di doghe d'abete ad altezza d'uomo, il resto delle pareti e il soffitto sono di intonaco bianco. Scarichiamo le buste della spesa e incontriamo gli altri. La giornata corre piacevolmente fino a notte inoltrata. In ogni casa di montagna (com'era un tempo in ogni casa) centrale e irrinunciabile è il fuoco, come una divinità antica imprigionata tra le pietre del camino. Fin dal principio, quando si accomoda la legna e si istruisce l'incendio, si ha l'infantile pretesa di poterlo governare, rintuzzandolo continuamente per realizzarne l'espressione perfetta. Ma esso non si lascia domare e mai è come lo vorresti. Perfetto sempre, ma a suo modo.

Quando tutti vanno a dormire io mi attardo sul divano insieme alle braci, lucide come lava.

C'è una ragazza accanto a me. Mi fissa. Il suo viso è bello come l'orizzonte. Le scanso i capelli rossi sulla tempia. I suoi occhi sono dolci e profondi, come quelli di Bette Davis.

«Che facciamo?», le chiedo.

«Cosa vuoi fare?», mi risponde.

«Tu fa quello che vuoi, io resto qui, tanto sono insonne».

«Resto anch'io», dice. E sorride abbassando gli occhi.

Le accarezzo la nuca scoperta e la bacio. Mi appoggia la testa sul petto e mi abbraccia.

«Posso mostrarti una cosa?», mi domanda.

«Certo», le rispondo.

Siamo su un largo stradone soleggiato, con marciapiedi curati da designer americani; le siepi sono verdissime e geometriche. Ai lati, vetrine di negozi lustri e scintillanti con roteanti ventilatori al soffitto. Le ragazze, tutte bellissime, hanno il profumo del salone del parrucchiere. I ragazzi, biondi e abbronzati, calzano occhiali da sole da aviatore americano. Molti di loro hanno tavole da surf sotto braccio. Coppie di donne passeggiano contemplando le vetrine come si contempla un dipinto rinascimentale. Alcune spingono passeggini all'avanguardia, decappottabili e multi accessoriati. Li osservo dall'angolo della strada, come un intruso diffidente, poi mi convinco che si tratta della cosiddetta *gente perbene* e mi immetto anch'io nella folla. Passeggio assieme a loro. Una spolverata di sabbia mi suggerisce trattarsi di una metropoli costiera, vicina nello stile a quelle della West Coast statunitense. Il sole è alto, il cielo terso e sgombro da nubi. Tutti hanno l'aria di essere ricchi e felici. Ma quando uno di essi mi sfiora, automaticamente mi giro e li vedo per la prima volta: da vicino i loro volti appaiono privi di espressione, con le bocche smisurate e gli occhi vacui, come le maschere dei satiri greci. La maschera, per un lato è abbagliata dalla luce, per l'altro completamente oscurata dal buio. In entrambi i lati è difficile distinguerne i lineamenti. Nemmeno si capisce il colore dei capelli perché ciò che si intravede sono radi filamenti schiacciati dalla forte luce o dall'oscurità completa. Da vicino, nessuno di loro parla. Da vicino li si vede incedere diritti come androidi. Per sbaglio ne urto uno; ha la stessa consistenza della vetroresina: leggera, tossica, vuota e risuonante. Decido di seguirlo e mano a mano che aumenta la distanza le sue fattezze si ricompongono nella normalità. Lo vedo entrare in un tempietto greco, con tanto di colonne e capitelli corinzi. Si tratta di un museo di arte contemporanea. I quadri sono tele scarabocchiate, squarciate, monocromatiche o bicolori. Si sofferma davanti a un'opera 90x70 con sfondo blu oltremare e schizzi affusolati di rosso, arancione e verde, impastato e raggrumato in rilievo. Improvvisamente il quadro prende vita; il blu sprofonda nella trasparenza oceanica, i grumi diventano pesci guizzanti che compiono scatti improvvisi. Sembra un acquario ma in realtà è lo spesso oblò di un sottomarino. Ora mi trovo all'interno del sottomarino. C'è un gran vociare di ordini e comunicazioni radio con la superficie. I membri dell'equipaggio hanno le mascelle spigolose dei militari. Nessuno sembra badare a me. Tutti sono affaccendati nel preparare le procedure di emersione. Si apre il boccaporto. Una brezza salina invade gli scompartimenti. Approdiamo su una spiaggia costellata di rottami, ferri ritorti e automobili ribaltate. Oltre le dune ci sono scheletri di palazzi bombardati. C'è stata una guerra di proporzioni devastanti, forse un conflitto nucleare. Sul bagnasciuga annerito dal pulviscolo c'è un piccolo drappello di guerrieri indigeni con sonagli legati alle caviglie. Ballano una danza di ringraziamento al ritmo ossessivo dei tamburi.

Siamo tornati sul divano. Davanti a noi è il focolare.

«Pensi che ci abbiamo guadagnato con tutto questo progresso?», mi chiede triste.

«Cosa vuoi dire?», le domando.

«Pensa alle genti delle tribù. A me sembrano felici, anche quando muoiono», mi dice.

«Perché tu non lo sei?», le domando.

«No. Mi manca qualcosa. A tutti manca qualcosa nei tempi in cui viviamo. È qualcosa che ha a che vedere con lo smarrimento, con la perdita, con l'allontanamento da casa».

«È l'evoluzione, il progresso», le dico.

«Non c'è evoluzione nell'accettare la cecità», mi risponde.

«Cosa vuoi dire?», le chiedo.

Alza la testa e mi guarda, mi sorride con tenerezza.

«La felicità è la cosa più difficile d'accettare, più della morte», mi risponde.

Mi sveglio. Fuori è l'alba. Mi avvicino alla finestra. La pioggia è ritmica e perfettamente verticale. Esco sul porticato e sento le prime gocce battermi sulle tempie. È pioggia di montagna, non di città. Mi interrompe una voce da dentro casa:

«Ma che fai? Entra che ti bagni!».

Shah Mat

Vuole la leggenda che il matematico e mago persiano Sassa Nassir (o Sissa) abitasse gli abbondanti castelli di Re Cosroe Anoshakrawān, detto anche Anoshirvān, *l'anima immortale*.

Il Re era orgoglioso del suo suddito più illustre, l'unico privo di lignaggio che avesse dispensa di sedere alla sua tavola. Ciò nonostante Sassa fu decapitato nel sesto mattino del mese di Farvardin, del Calendario che egli stesso aveva escogitato attraverso un sofisticato procedimento di intercalazione degli anni bisestili.[1]

Ciascuna azione comporta una causa, gli effetti di quest'ultima determinano ciò che siamo. Dunque tra i rigogliosi pomeriggi nei giardini e la rocciosa prigione, intercorre un evento, o l'Evento.

Erano secoli che la guerra contro Bisanzio imperversava sulle frontiere turcomanne. Quell'anno il generale bizantino Maurizio penetrò i limiti del Kurdistan e tre mesi dopo affacciava la spada in Mesopotamia settentrionale.

Re Cosroe preparò l'imminente battaglia con minuta accortezza, sicuro che non di preghiere si potesse vincere, ma che il Signore, nella sua accorta predisposizione, aveva scelto il suo occhio e il suo braccio per proteggere il popolo.

I suoi generali lo avevano sempre accontentato perché abilissimi in battaglia e leali alle scelte militari che il Re sosteneva. Tutti loro sapevano che per reggere il peso di una guerra occorre denaro. Porvi fine con la vittoria significava spendere denaro e vite umane. Porvi fine nel migliore dei modi significava ridurre queste due variabili al minimo con-

---

1 La ricalibratura venne effettuata secoli dopo, durante il regno di Jalāl ad-Din Malik Shah Seljuqi, uno dei sultani selgiuchidi, e proprio in sua memoria viene ricordato come Calendario di Jalāl.

sentito. Ma in ogni caso, pezzi d'oro sarebbero usciti dalle casseforti reali e folte linee di soldati avrebbero visto il loro ultimo giorno. Ma ciò che i ragionieri ignorano, sanno i saggi: se anche la battaglia si fosse risolta con singolare duello e in mezzo a quelle migliaia di soldati una vita soltanto fosse stata sacrificata, il moto dell'Universo ne sarebbe stato corrotto e i giorni susseguenti non sarebbero più stati gli stessi.

Le parti allestirono la battaglia sulla pianura antistante le mura. Entrambi acquartierarono le truppe dietro le recalcitranti colline. Maurizio ordinò lo schema classico delle falangi come arma risolutiva, mentre Cosroe considerava gli opliti solo come un elemento costituente dell'intera macchina da guerra persiana. Per questo dispose tra le divisioni quadrangolari i carri falcati e la fanteria leggera. Ai lati era la cavalleria e le truppe cammellate e ammassati sulle colline, i frombolieri e gli arcieri, i cui archi erano tesi con i capelli delle loro donne affinché il loro cuore fosse preciso nel colpire. Importanti erano i reparti di elefanti, ben addestrati per il combattimento, bardati da pesanti corazzature e montati da soldati armati racchiusi in una piccola fortificazione di legno fissata sul dorso. Molto amata dal Re era la fanteria ausiliaria o truppe da scaramuccia: piccole divisioni composte al massimo da cinquecento unità, per lo più mercenari o indigeni delle steppe reclutati per la loro bestialità, poco addestrati ma nonostante la loro limitatezza spesso si rivelavano decisivi per tormentare il nemico e inseguirlo in ritirata. A completare i reggimenti erano i picchieri e i lancieri, muniti di giavellotto a doppia punta e di un lungo coltello. Infine, il Re, inquadrato dalla scorta reale e da quattro strateghi. Al suo fianco, sui purosangue bardati a guerra, erano i due figli maschi: il maggiore, erede al trono, Adarman, e il diciottenne Ormisda.

L'Iliade dedica sciami di versi nel narrare di viscere estromesse e malleoli spappolati. Questo ben più esile paragrafo non vuole aggiungere ulteriori particolari già masticati e rimasticati dalla letteratura. Ci basti sapere che la battaglia cominciò all'alba e all'annottare i vinti venivano spogliati delle loro armature. Cosroe ebbe la meglio anche se al costo di intere cittadine le cui famiglie furono derubate di figli, fratelli e mariti. Ciò nonostante la strategia risultò vincente. Mentre gli opliti persiani, dagli alti schinieri di ferro, martellavano frontalmente la fanteria bizantina, la cavalleria e le truppe cammellate, dopo ore di manovre laterali, riuscirono a creare una breccia sul fianco sinistro; da lì penetrarono le quadrighe falcate e i mercenari a disordinare gli ordinati plotoni bizantini. Le ritirate tattiche delle ondate di fanteria vennero protette dalle retroguardie di arcieri che sfoltivano le divisioni nemiche con scariche di frecce direzionate in settori. Inaspettatamente, grosse perdite si ebbero tra i reparti di elefanti corazzati. La razza scelta dagli allevatori non era quella indiana, robusta e gestibile, ma una specie che abitava i massicci nordafricani, più piccola e aggressiva, ma anche più difficile da controllare. La cavalleria bizantina ci mise poco a mandarli in rotta; non poche volte venivano accerchiati singolarmente e aggrediti da manipoli di opliti che li accecavano o gli squarciavano l'addome. A decidere la fine furono le truppe di cavalieri leali ad Adarman. Quando i generali persiani riuscirono ad aprire la breccia laterale, l'erede al trono diede ordine ai suoi cavalieri di disimpegnarsi per prepararsi all'attacco decisivo contro il generale Maurizio. Al trotto, dispose le sue unità come a formare un'enorme freccia la cui punta era egli stesso. Alle sue spalle erano le spade sguainate di tutti i battaglioni che riuscì a sottrarre alla battaglia. I bizantini cercarono di tamponare l'offensiva ma non fu sufficiente. La freccia squarciò il tessuto militare bizantino permettendo alla fanteria di penetrare a colpi di spada. Re Cosroe guidava un altro reparto di cavalleria corazzata, i catafratti, cavalieri pesanti e fortemente addestrati, conosciuti uno per uno dal Re. Li diresse verso la breccia che aveva aperto il figlio. Con lui era anche il diciottenne Ormisda. Nel frattempo Adarman raggiunse la guardia di Maurizio che si arroccava negli ultimi grumi di scudi. Il generale bizantino, postero di antichi tribuni romani, fu finito da un cavaliere, il cui nome ignoro, che lo colpì su un fianco e poi al collo. In quel frangente successe ciò che era scritto. Mentre Adarman inseguiva la fanteria per evitare che si riformasse in falangi, fu raggiunto da una scarica di frecce che proteggeva la ritirata. Fu colpito al collo e cadde. Sebbene fosse il figlio del Re, questo non lo aveva protetto dalle caotiche frecce. Per la piuma e il vento era un numero, come tutti gli altri, un numero che aveva consentito la vittoria finale. Dopo diciannove ore, la sabbia sgorgava oscuro sangue. Quando il Re convocò le truppe per chiamare vittoria, la scorta reale aveva lo stendardo abbassato e un corpo in orizzontale sul purosangue nero. Ipocritamente gridò vittoria, ma poi lasciò il giubilo ai generali e tornò alle caserme.

Lavò il corpo con mani pietose e dopo che lo ebbe sigillato nella cripta, proclamò cento giorni di lutto e commemorazioni, fino al cambio della settima luna. Poi si seppellì nelle sue stanze e debellò i giorni bigi e le notti lungamente insonni nel suo letto, lontano dalla Regina e dagli affetti.

La disperazione lo avvolse come un mantello di fuliggine. Non pretendeva la consolazione di avere rimpianti, poiché Adarman, oltre che suo figlio ed erede al trono, era sopratutto un soldato, un luogotenente di cavalleria, e molte erano le vite che aveva falciato in battaglia. Sapeva che la morte violenta del soldato è condizione della sua stessa vita. Aveva accettato questo imperativo quando gli pose la prima lama tra le mani, quando nemmeno la peluria che anticipa l'uomo aveva iniziato a sottrargli innocenza, quando nemmeno la voce, rivelatrice delle apparenze, gli si era scurita. La disperazione, dicevamo, nemmeno era dovuta alla lacuna che avrebbe lasciato nel regno perché la sua stirpe sarebbe perdurata nel secondogenito Ormisda, tantomeno al fatto che il suo tempo, ricettacolo di disegni e immaginazioni, avrebbe perso di tono; tanti e fin troppi sono i problemi di un Re. Forse la causa era nel dover fronteggiare la morte e la sua amarezza. L'impermanenza della vita lo aveva colpito come una mano aperta, incarnandosi nella figura di suo figlio. Ed è così che anche un Re diventa mortale, perché tutti gli uomini non soffrono la morte degli altri ma l'attesa della propria. Non credo tuttavia che si spingesse su tali sottigliezze né mai aveva avuto voglia di indagare i sentimenti umani. Credette di piangere per la morte del figlio, per quella promettente vita strappata al mondo, e tanto bastava a foraggiare la sua angoscia.

Sassa Nassir oltre a interrogare i numeri era il miglior consigliere del sovrano e suo caro amico. Spesso andavano insieme a cacciare coi falchi e la sera, sulle terrazze, intavolavano morbide discussioni sull'etica e la morale. Il Re aveva profonda stima di quell'uomo minuto, esente dai lussi di palazzo, incline alla speculazione, contrario all'arte della spada. A volte gli faceva persino tenerezza perché vedeva in lui la mancanza di polso necessario per tenere le redini di un regno. In verità, Sassa era in grado di vedere oltre il regno e da esso prescindeva, e proprio per questa ragione avrebbe potuto condurlo alla gloria maggiore. Se ne stava ore a interrogare i numeri e gli astri, a contemplare i progressi del suo laboratorio alchemico.

Quando seppe della disgrazia volle parlare al suo amico per dissuaderlo dall'idea del visibile e convincerlo dell'impermanenza del corpo. L'amicizia lo rese debole e presunse illuminarlo, ma la verità non sopporta tautologie. Le vili parole, per quanto piacevoli da assaporare, mai trasmetteranno consapevolezza.

Fallito il progetto, la compassione lo guidò in labirintici sentieri e cadde preda dell'insonnia, poi dello sconfinato sogno. Credette di fronteggiare giganteschi macigni che si assestavano, realizzando montagne bicolori. Ingaggiò lotte titaniche contro la loro gravità. Poi la febbre lo arse, per otto giorni e otto notti che sembrarono sessantaquattro. Quando riprese coscienza seppe che l'arte non è impotente ai limiti umani.

Mandò a chiamare i due migliori ebanisti della città e commissionò la realizzazione di una tavola di 8 x 8 quadrati di palissandro rosso e bianco, tutti regolari e alternati nei colori. Poi volle due abili intagliatori affinché realizzassero due schieramenti di 30 soldati di differente abilità e distinte possibilità di movimento, più il Re e la Regina. Ed ecco che il macrocosmo dell'oggettivo si tradusse nel microcosmo alchemico. Chiamò questo gioco Re^2. La vittoria si raggiungeva con regicidio dell'opposto schieramento.

Quando mostrò la sua creazione ai ministri, si dissero contenti: i più ciechi (che erano la maggior parte) perché quel gioco avrebbe distratto il Re dalle sue afflizioni; i meno ciechi (che erano la minor parte) perché avrebbe consolato il Re nella dimostrazione che qualche pezzo inevitabilmente doveva sacrificarsi per permettere la vittoria finale e la salvaguardia del Re. Ma le intenzioni di Sassa erano altre: si accorse che il gioco permetteva un numero di combinazioni dei 32 pezzi compreso fra 1043 e 1050 e la dimensione

2 "R" e in fàrsì si traduce *Shah*; il primo adattamento comporta il cambio dalla fricativa persiana all'occlusiva araba, risultando: *eš-šāq*, dal quale deriva il termine occitano *escac*.

dell'albero di complessità era di 10^{123}. Stimò il numero di possibili dispute intorno a 10^{1050}. Pensò al numero delle particelle primarie e indivisibili che compongono il Tutto e che una soltanto di esse, lo riassume. Un numero finito e determinato, ma più vasto degli oceani di tutti i mondi, talmente vasto da essere illeggibile.

Le notti ardenti e i sogni rivelatori vollero concretizzare i suoi intimi intendimenti. Il numero di tutte le particelle che compongono il Tutto è finito e come tale ammette un numero finito di variazioni. Accettando l'infinitezza del Tempo (inimmaginabile la fine e l'inizio dell'Eternità), il numero possibile di variazioni deve necessariamente esaurirsi e ripetersi. Di nuovo sarebbe risorto lo stesso regno dalle stesse sabbie, di nuovo avrebbero prosperato le medesime dinastie ed equivalenti libri dalle equivalenti pagine, dagli equivalenti caratteri avrebbero popolato le equivalenti biblioteche. Nuovamente Cosroe avrebbe posato la stessa lama, ricavata dallo stesso acciaio della stessa miniera, nelle mani dello stesso figlio Adarman, con lo stesso, preciso gesto. Di nuovo sarebbero trascorsi gli stessi anni, soffiati dai medesimi colpi di vento, di nuovo sarebbe occorsa la battaglia e tra le molteplici copie ci sarebbe stata una di esse in cui la freccia avrebbe mancato il collo dell'erede al trono, che sarebbe così tornato al palazzo e agli affetti.

D'accordo con la Regina, ordinò un sontuoso banchetto i cui convitati erano stati avvertiti con lettera di partecipazione perché sarebbe seguita una sorpresa degna della persona del Re. Il suo grande amico avrebbe saputo la buona notizia riguardo le sorti di suo figlio. L'Universo era giustificato e tutti potevano morire in pace, come i doverosi animali, nella certezza della resurrezione.

Finito il convito furono avviate le danze, la musica e i giuochi dei giullari. Il Re vi partecipò pigramente. Infine, tra la curiosità dei presenti, Sassa fece portare la tavola avvolta da un velo di seta purpurea. Tutti ascoltarono in meravigliato silenzio le regole del gioco. Il sovrano ne fu entusiasta. Ogni uomo, persino un Re, necessita di regole e schematizzazioni per afferrare ciò che in verità andrebbe soltanto accettato. Guardando dall'alto il campo di battaglia si scoprì spettatore e intese i meccanismi umani (quelli militari li conosceva bene) che sovraintendono la vittoria. Alcuni pezzi dovevano necessariamente sacrificarsi per permettere la vittoria finale. Abbracciò Sassa e lo ringraziò di cuore perché ora il suo animo riconosceva la via della pacificazione. Ma ben più grande era la generosità di Sassa, ben più alto il discernimento che poteva infondere al sovrano. Ancora l'amicizia lo rese debole, ancora credette che fallibili parole potessero trasmettere la verità. Il Re sembrò non capire e privato di risposte adatte davanti ai presenti usò i suoi mezzi per uscirne fuori; gli propose qualsiasi ricompensa per quel regalo, persino la mano di una delle sue figlie o una marca del suo stesso regno. Sassa rifiutò, perché chi ha scorto l'Universo non ha più bisogno dell'uomo e di tutte le sue ricompense, nemmeno se quell'uomo è lui. Per persuadere Cosroe tentò un'altra strada. Gli chiese, come ricompensa, un chicco di grano per la prima casella, due chicchi per la seconda, quattro chicchi per la terza, sedici per la quarta, trentadue per la quinta, in questo modo procedendo fino alla sessantaquattresima. Come a lui era successo, si convinse che il Re avrebbe inteso i disegni dell'Universo, ma contrariamente alle sue intenzioni, Cosroe si sentì schernito dal rifiuto e da tanta modestia, tanto più aumentavano le risa attorno la tavola. Smarrito, canzonò con i presenti le stravaganze degli uomini della biblioteca e ordinò agli abacisti di calcolare la quantità totale di chicchi di grano per regolare la ricompensa con Sassa. Poco dopo tornarono col mento abbassato affermando che la richiesta non poteva essere soddisfatta a meno che non si fosse seminata tutta la superficie terrestre a grano, pianure, deserti, ghiacciai e oceani, per almeno millecinquecento anni.[3] Tutti gli invitati ruppero il silenzio con fragorose risa. Cosroe restò sguarnito di difese e cosa peggiore per un Re, constatò che l'idea poteva essere più forte della spada. Sassa provò a spiegare i suoi intenti, non voleva ingannarlo, non era il regno a interessargli, ma ormai era troppo tardi. La più grande condanna degli uomini, dopo Babilonia, fu saper parlare la medesima lingua senza intendersi. Rinnegò la loro amicizia e lo fece arrestare. Il giorno seguente fu giudicato colpevole di alto tradimento, e condannato a morte.

Otto giorni dopo Sassa fu svegliato dall'odore dell'alba. Le guardie lo condussero al ceppo, dove scoprì la nuca. Il suo cuore era sereno perché sapeva che quando la scure sarebbe calata, in un'altra vita, quella stessa scure lo avrebbe mancato o il Re lo avrebbe capito.

3 Dante usa l'endecasillabo *più che 'l doppiar de li scacchi s'inmilla* (*Paradiso*, XXVIII, 93), per dare un'idea del numero delle schiere angeliche.

Zanon, o della Conoscenza

Debbo la conoscenza di Alberto Zanon a una tormenta siberiana che scavalcò le dolomiti nell'inverno del 1998.

A quei tempi ero poco più che un ragazzino e con la mia famiglia trascorrevamo la settimana bianca in una villetta a schiera di nostra proprietà, la numero 4, in Via Maddalena 13. Lo conobbi quell'anno, quando venne a ripristinare i cavi elettrici divelti. Dopo tanti anni, ricordo ancora gli zigomi induriti dal grecale e i baffi irti e irregolari da operaio; ricordo i suoi gomiti, oleati come bielle, stringere i bulloni sul palo elettrico.

Prima di dedicarsi alle visioni, di mestiere era elettricista.

Mia madre gli offrì del caffè, che bevve con latte freddo e molto zucchero. In quella circostanza constatai la risicata simpatia nordica e la dotta ignoranza da semianalfabeta.

Dopo l'incidente, finché non decise la morte, furono in molti a scrivere di lui, sopratutto giornalisti da rivista anche se non mancò qualche avventuriero del romanzo.

Il seguente resoconto non aggiunge nulla a simili prove né ha volontà biografiche poiché tratta un solo evento, e sebbene la vita di ogni uomo si concentri in un evento che la giustifica, non pretendo sia questo a giustificare la vita di Zanon né racconto affinché giustifichi la mia.

L'originale era redatto in forma di annotazione, abbondante in errori sintattici e rispondente più al flusso di coscienza che alla cronaca. Complice la sua indeterminatezza, offro questa versione accomodata nella forma, non nel contenuto.

Quando Zanon venne alla nostra residenza a riparare il palo elettrico non gli diedi più attenzione del necessario. Era allora uno di quegli incontri normativi, che apparentemente lasciano poca traccia ma segretamente apportano minuziose modifiche alla coscienza. Quell'inverno trascorse e così l'anonima primavera e l'estate baluginante; come sempre le foglie caddero d'autunno e le fredde piogge insorsero contro l'asfalto. A quei tempi la settimana invernale era il dolce territorio della vita; il resto dell'anno, una pausa da debellare.

Adesso che le mie ore sono scandite dal ritmo della fabbrica, rivivo quell'antica riminiscenza quando ottengo i dieci minuti di pausa dal lavoro e accendo una sigaretta; ogni lampo di fumo è un soffio d'eternità che vede il muro del tempo diroccarsi, si avvicinano i pensieri slegati dall'azione e spero che duri per sempre. Poi il tempo ritrova struttura, il fuoco raggiunge il filtro, e si torna alla pausa da debellare.

L'estate successiva tornammo alla residenza di via Maddalena. Seppe mio padre dal vociferare di paese che il misero era caduto, mentre lavorava, sotto il colpo di un fulmine. L'elettricità, che per tutta la vita aveva addomesticato, si abbatté sulla sua testa, amplificandosi nei fili scoperti del traliccio dell'alta tensione. Venne folgorato all'istante e precipitò sulla neve ghiacciata; si fratturò il bacino, tre costole e una clavicola, ma per ignoti voleri non riportò emorragie interne. I suoi colleghi videro quel tozzo di carbone frantumarsi a terra e lo diedero per morto fin da subito. Quando lo portarono in ospedale i medici riscontrarono con sorpresa che sopravvivesse. Dopo nove giorni di agonia, non morì e la pelle incendiata cominciò la muta, rinnovandosi. I capelli caddero e nuovamente crebbero. Dopo centotrenta giorni fu dimesso in perfetta salute. Al paese si gridò al miracolo, giacche gli trovarono in tasca, intatto, un santino di Santa Lucia e il giorno che accadde era il Mercoledì delle Ceneri.

Un altro anno trascorse e ancora imberbe credendomi uomo compii i quindici anni. Nuovamente rimisi i piedi nelle dolci colline che riparano le dolomiti. In paese non si parlava d'altro che di Zanon. Mio padre disse che era profondamente cambiato; chi lo intravide rivelò dettagli oscuri, a tratti tristi. Voci più maligne lo volevano pazzo e misantropo.

Per dato che il lettore medio consuma un libro al mese e un buon lettore tre o forse quattro, se Zanon fosse stato un ottimo lettore ne avrebbe letti cinque al mese, che per un anno fanno sessanta libri. Ora, sessanta libri erano pressappoco un cinquantesimo del catalogo della biblioteca cittadina, che egli aveva esaurito per intero nel giro di due settimane. Inoltre, le scarse volte che lo si vedeva in piazza era per ordinare fugacemente cataste di libri, enciclopedie, riviste, volumi antichi, periodici. Persino dizionari monumentali e grammatiche di lingue estinte. La sua pazzia era dovuta, secondo il popolo, all'inutilità di questa abitudine: era impossibile fruire una tale quantità di carta stampata in così poco tempo. Al bar si congetturava di come amasse la vista delle pareti sovraccariche di libri e di come perversamente le scrutasse.

L'estate seguente, mi riferirono, il paese fu invaso dagli alfieri delle peggiori trasmissioni televisive che usurparono le ore del giorno in patetiche dirette pomeridiane. Se ne andavano per bar e botteghe a cercare prese elettriche e contestabili testimonianze. Le loro telecamere, adunche come becchi di condor, attendevano sulla piazza che la preda passasse. Ciò che le piccole menti cercavano di indagare e la scienza rifiutava a priori, perché fuori dal metodo sperimentale tale possibilità, era un'incredibile capacità, che sembrava aver sviluppato Zanon, nell'atto dell'apprendere.

Una mattina mi recai, per conto di mio padre, all'ufficio postale per inoltrare un bollettino pagante la tassa sull'immobile. Ci andai controvoglia perché da quando ho memoria provo una naturale repulsione verso la burocrazia e i palazzi dove essa è accentrata. Da bambino mi figuravo operosi formicai nelle cui più interne stanze la Regina abitava. Negli anni degli studi li assimilavo più crudelmente agli *Yahoo* di Swift. Ora che i tempi peggiori sono alle spalle vedo solo uomini dalla fronte inutilmente spaziosa.

Notai allo sportello una figura vagamente silenziosa e dai gesti esatti, che ritirava dei pacchi. Quando si voltò riconobbi Zanon. Per timore tentennai, poi mi risolsi nel salutarlo (non può esservi niente di inopportuno in un gesto d'educazione). Lui ricambiò il mio saluto, chiamandomi per nome. Giacché lo vidi indaffarato gli chiesi se potevo aiutarlo a portare i pacchi a casa. Esitò, poi disse di sì. Ancora oggi credo che abusai di quel saluto ricambiato e accettò il mio invito soltanto perché, troppi i pacchi, volle evitare di fare due viaggi e incontrare doppiamente più gente. Appena arrivammo mise a preparare il caffè ed ebbi modo di notare il suo appartamento dalle esigue geometrie che quasi sparivano dietro le pile di libri. Seppur di circostanza, cercai più volte di intavolare un discorso ma non ebbi fortuna; sembrava non ascoltarmi; rispondeva sporadicamente, con pigri incisi; sembrava molto più interessato alla contemplazione della sostanza del caffè, che sorseggiò con latte caldo e senza zucchero. La mia voce era come la polvere che imbottiva le mensole, inutile e fastidiosa. Era ignorante a quanto dicevo, o forse si annoiava perché già sapeva tutto, o forse era distratto (o diversamente attratto) da qualcos'altro. L'irritazione rende spesso impudenti e allora mi spinsi oltre il dovuto e affermai ipocritamente che piansi quando seppi della disgrazia. Intimamente ero come tutti gli altri, come le bestie da televisione che erano fuori acquartierate, e volevo mi rivelasse qualche dettaglio inedito sull'accaduto. Volse il capo e addrizzò gli occhi per un secondo che parve un minuto. Si limitò a dire che non si trattò di una disgrazia ma di un dono.

Afferrai un volume da sopra il divano e lo soppesai. Tranne la polvere era nuovo, la costola non era stata afflitta dalla sfogliatura. Ne scrutai un altro, poi un altro. Tutti quei libri erano nuovi. Gli chiesi se li avesse letti tutti. Mi disse di no, però affermò di conoscerli. Forse mosso da qualche residua vanità mi invitò a prenderne uno dalla catasta. Mi chiese di aprire una pagina a caso e di riferirgli il numero. Aprii un volume tra i più polverosi; era una raccolta di cinque conferenze sulla psicanalisi di Sigmund Freud, del 1909, in un edizione ristampata da edicola. Gli comunicai di aver aperto la pagina 13 e senza che nemmeno finissi, iniziò a recitare il paragrafo smezzato a capo pagina:

«[...] i nostri malati isterici soffrono di reminiscenze. I loro sintomi sono residui e simboli mnestici di esperienze traumatiche. Un confronto con altri simboli mnestici in altri campi ci porterà forse a una comprensione più profonda di questo simbolismo. Anche le opere d'arte e i monumenti di cui adorniamo le nostre grandi città sono simboli mnestici di questo genere. Passeggiando per Londra trovate dinanzi a una delle maggiori stazioni della città una colonna gotica riccamente decorata, la Charing Cross. Nel tredicesimo secolo uno dei vecchi re Plantageneti fece trasferire a Westminster la salma della sua amata regina Eleonora, erigendo una croce gotica a ciascuna delle stazioni in cui la bara era stata deposta per terra; Charing Cross è l'ultimo dei monumenti destinati a perpetuare il ricordo di quel corteo funebre. In un altro punto della città, non lontano dal Ponte di Londra, scorgete un'altra colonna più moderna che viene chiamata semplicemente: The Monument. Essa dovrebbe richiamare alla memoria il grande incendio che scoppiò in quei pressi nel 1666, distruggendo gran parte della città. Questi monumenti sono quindi simboli mnestici come i sintomi isterici [...]».

Alzai lo sguardo stupefatto e la voce si arrestò. Ciascuna di quelle parole era fedele al testo. Senza togliergli gli occhi di dosso, afferrai un altro volume a caso, un'edizione con fodera in similcuoio della Bhagavadgītā, con illustrazioni delle antiche miniature e testo a fronte in sanscrito. Gli dissi pagina 471, che corrispondeva al verso 19 del capitolo 11, dedicato alla Forma Universale. Iniziò a recitare i versi in sanscrito, poi la traduzione in italiano. Mi sedetti davanti a lui e lo fissai. Presi uno dei libri che aveva appena acquistato e glie lo porsi. Fece frusciare le pagine in uno sbuffo d'inchiostro fresco, poi carezzò la copertina coi pollici e me lo diede indietro. Era un romanzo, la *Vita interiore* di Alberto Moravia, in un edizione Bompiani dalla copertina vermiglia. Gli dissi un numero di pagina, la 162, e iniziò a ripetere fedelmente.

La scuola olistica nacque con clamoroso ritardo in Occidente. Plotino, nel secolo III, accennava all'anima e al suo ritorno all'Uno, ma ciò che è sempre stato debole nella tradizione giudaico-cristiana si affermò con forza nelle teologie indiane e taoiste già nel VI secolo. Solo nel XVII secolo, con il panteismo di Spinoza e prima di lui Giordano Bruno, si affacciò la dichiarazione dell'Unicità del Tutto e della sua frammentazione in esperienze individuali. L'olismo rifiuta la riduzione infinitesimale e considera ogni cosa nella sua totalità. Per l'atomista vedere un quadro significa scomporlo in ogni singola pennellata e poi farne la sommatoria, oppure ascoltare una sinfonia significa scomporla in ogni singola nota e poi farne la sommatoria. Per l'olista la scomposizione è innecessaria. L'occhio percepisce il quadro nella sua totalità, così come l'orecchio gode della sinfonia nel suo insieme. Ogni cosa va studiata e compresa nella sua interezza. Lo sciamanesimo afferma che soltanto divenendo parte dell'Evento lo si può capire in tutta la sua complessità.

In linguistica l'approccio olistico parte dall'assunto che il significante non viene percepito attraverso la somma delle sue parti minime bensì nella sua forma completa. Quindi, ad esempio, il segno grafico *anatroccolo* non viene percepito attraverso la somma di a + n + a + t + r + o + c + c + o + l + o. Un semplice colpo d'occhio basta a favorire la comprensione. Ciascuna delle parole che state leggendo in questo momento non necessita analisi. Questo vale anche per i significanti fonici; il cervello non scompone le parole in fonemi ma percepisce per intero la catena del parlato.

Zanon, come tutti gli esseri umani, godeva di tale facoltà ma il fulmine sembrava averla amplificata all'inverosimile. I libri erano per lui come un'insegna stradale per noi. Esili tentativi per tramandare deboli intrusioni nella realtà che egli sembrava assumere come l'aria che respirava. Presumo che li usasse per passare il tempo, in effetti credo che si interessasse molto di più all'osservazione della natura. Quando mi congedai lo vidi uscire fuori in giardino, sotto il cielo caliginoso, a fissare l'edera. Lo vidi scostare le foglie e soffermarsi su un nido di merli. Una volta anch'io ne ebbi uno tra le mani: l'architettura esterna è di fango e rametti duri, all'interno ci sono rametti più teneri e il fondo è come un cuscino, imbottito di soffici pagliuzze.

Tante volte mi interrogai su come gli uccelli costruiscono il nido, perfettamente omologato alla propria specie, anche se tenuti in cattività e alienati al resto del gruppo. Tante volte mi chiesi quale sapere, quale algebra sovraintendesse quella conoscenza innata.

Zanon gli gettò uno sguardo e sembrò capire tutto. La dilatazione della coscienza lo aveva portato a concepire minuziose e antichissime scritture ignote ai troppi. Negli elementi egli riscontrava codici immutabili ed eterni, matrici divine che testimoniavano un disegno infuso nella molteplicità della creazione. Queste esperienze mistiche, che giornalmente viveva, portavano la sua veduta al di là del bene e del male ma al contempo annientavano ogni desiderio e ogni parvenza di vita.

Dino Campana, nei *Canti Orfici*, ci dice che il Faust del Marlowe e del Goethe: "alzava gli occhi ai comignoli delle case che nella luce della luna sembravano punti interrogativi".

Per Zanon i punti interrogativi erano finiti, o quasi. Nel suo fisiologico andare scorsi l'annichilimento della coscienza completata. Non vi era ricerca, curiosità, inquietudine, non vi era la sofferenza che rende la vita. La sua asocialità era giustificata dall'enorme conoscenza che aveva saturato la sua mente. Sembrava che niente potesse più stupirlo.

Tutti intimamente sappiamo che un giorno saremo tutto e tutti. Zanon aveva saltato il passaggio della morte; la sua coscienza non era ancora esente dai limiti del corpo; era un testimone finito dell'infinito. Quando realizzai chi avevo dinanzi non osai più proferire parola e me ne andai.

Non raccontai a nessuno di quell'incontro, nemmeno a mio padre. L'inverno successivo non lo vidi; seppi da anziane signore che era piombato nel più cupo dei silenzi e nemmeno usciva di casa per fare la spesa.

Si suicidò in maggio, in un mattino soleggiato e speranzoso, alle ombre delle sue stanze.

L'Angelo

Quella notte fu una delle tante in cui il buio non cedette favori. L'insonnia si impose prepotente e cosa che solo gli insonni sanno, essa acuisce i sensi classici e risveglia alcune zone extrasensoriali: capita sovente all'insonne di anticipare, fino a pochi secondi prima, il trillo della sveglia. Ad alternare l'insonnia fu quello stato di grazia in cui i ragionamenti si disarticolano e le connessioni logiche si smontano: il dormiveglia. In quel limbo incerto i pensieri ancora si fondono a residui di sogno e la ragione fugge, torna e rifugge in un continuo susseguirsi di suggerimenti mentali che a tratti si rivelano illuminanti. Emergono stringhe di saggezza sconosciuta che erompono da remote profondità d'anima; spesso parlo a ignoti interlocutori che rispondono con massime proverbiali o ricostruisco nei dettagli eventi passati che pensavo aver rimosso; più raramente, come se avessi gli occhi spalancati, si aprono scene dal buio, provenienti dalle mie vite anteriori o future.

Salvador Dalì era solito cercare il sonno tenendo un cucchiaio d'argento col braccio fuori dal letto; quando la coscienza mollava la presa il cucchiaio cadeva, svegliandolo. In questo modo ebbe le sue visioni migliori.

A vietarmi il sonno fu una poesia di William Blake, poeta inglese del romanticismo primitivo. Avrei dovuto presentarla quella stessa mattina all'esame di letteratura inglese ed erano parecchi giorni che affaticavo manuali di esegetica e critiche filologiche, rigirandomi tra le mani analisi verbose ma ben poco soddisfacenti. Sapevo impossibile darne una versione univoca o quanto meno apprezzabile, eppure quelle parole dipinte all'interno dell'incisione esercitavano su di me una fascinazione crudele; avevo come la sensazione che per quanto assurde potessero essere, contenessero una densità di significato spaventosamente estesa. Mi guardavano, enigmatiche come una Sfinge o come il volto di un indiano su un vecchio dagherrotipo. Ritenni opportuno rinunciare a un qualsiasi taglio interpretativo in quanto fin troppo chimerico era quel linguaggio e infattibile era penetrarlo ricorrendo ai canoni classici. In fondo, condizione della poesia (e dell'arte in generale) è l'impossibilità di produrre una spiegazione oggettiva, in quanto l'oggettività non esiste, nemmeno nelle sue interpretazioni. Una volta lessi di un poeta, uno di quelli da antologia scolastica, che affermava di non avere nessuna autorità nel rivelare il significato delle sue stesse poesie, perché nel momento in cui vengono al mondo esse sussistono di vita propria; ognuno potrà avere una propria interpretazione e ciascuna versione avrà pari dignità alle altre, persino a quella dello stesso autore. Per giustificare tale approccio, estremamente democratico, basta ricorrere alla sua funzione ultima e primigenia: una poesia veicola (si spera) bellezza e verità, e tali attributi sono negli occhi di chi guarda.

Certamente avrei potuto divulgare le pagine critiche e l'esame sarebbe stato salvo. Non è falso che nei tempi che ci è toccato vivere bisogna masticare e rimasticare parole che altri hanno detto, pensieri che altri hanno pensato, in una continua marcia senza progresso. Ciò che importa è dire qualcosa, qualsiasi cosa, perché il silenzio è sintomo di impreparazione.

Mi alzai dal letto, uscii di casa e come d'abitudine feci il mio consueto gioco con la morte: attraversando fuori dalle strisce mi avvicino alla macchina in corsa fino a sfiorarla. Mi alleno ogni giorno per diventare talmente abile da sfiorarle al millimetro. È un modo per sentirmi vivo, per testare i riflessi e la percezione della realtà.

Appena approdai sull'altro margine della strada vidi un folto gruppo di persone. I loro volti erano incuriositi e falsamente scandalizzati. Quelli nelle file dietro mi ricordarono i suricati, quei roditori della savana che si mettono sulle punte dei piedi per avvistare i predatori. In mezzo alla strada erano due automobilisti di mezza età, scesi dalle vetture; le facce sudate e arrossate; calci, spintoni e minacce. Uno dei due si era perfino strappato la giacca. Qualcuno provò blandamente a separarli ma erano tutti lì, e con loro anch'io, ad ammirare invidiosi la violenza senza briglie, liberata dalle pastoie delle norme sociali. Tutti bramano dolore reale e non surrogati da cinema d'azione; in quel momento ne ebbero l'occasione e non se lo perdettero per niente al mondo. Restai lì ancora qualche minuto poi mi diressi verso la banchina per prendere il treno che mi avrebbe portato alla Stazione Termini. Vidi una giovane coppia abbracciarsi; prima che le portiere del treno si chiusero, si diedero un ultimo bacio e lei sollevò teneramente il piede all'indietro; nessuno sembrò notarli. Raggiunsi la stazione, brulicante come un formicaio. Tutti hanno fretta e tutti fanno tutto di fretta: colazioni di fretta, telefonate di fretta, giornali comprati e letti in fretta. Se dovessi vivere mille anni e tra mille anni mi chiedessero cosa ricordassi degli anni dieci del secondo millennio gli risponderei: la fretta. Conosco gente che a furia di vivere così non riesce più a passeggiare, gli risulta innaturale, riescono solo a camminare a passi svelti. Sotto certi aspetti è come fuggire, dalla vita o dalla paura di morire.

Mi diressi verso il bar per prendere il caffè. Mentre stavo in fila per lo scontrino mi si avvicinò un anziano mendicante. Gli diedi uno spicciolo.

«Che Dio ti benedica», mi disse accennando un inchino.

Dalla stazione all'Università sono circa quindici minuti di buon passo. Il tempo e la temperatura erano incerti come è l'Aprile. Il mese né della pioggia né del sole, come un limbo di decisioni rimandate.

Vista in prospettiva frontale la Città Universitaria ha qualcosa di maestoso. Il marmo della civiltà che si eleva al di sopra delle paludi dell'ignoranza. Ma quando ti avvicini ti accorgi che è solo apparenza. Il marmo è un rivestimento; viene cavato dalla terra e ridotto a pannelli sottili e bucherellati che vengono incollati su vili pareti di cemento armato. L'architettura di Roma e quella di Atene lasciano scoprire differenze sostanziali nelle loro filosofie. Roma era *immanente*, Atene era *trascendente*. I cesari costruivano in laterizi e cemento e solo quando volevano esaltare l'Impero, rivestivano col marmo. Ai cesari non interessava la sostanza ma la forma. Atene invece tendeva alla trascendenza. Il Partenone è un diamante che si staglia sulla ghiaia dell'Acropoli, di marmo puro in blocchi squadrati, sia nella forma che nella sostanza. Roma preferiva il corinzio, embrionale al barocco e ai consumi. Atene ambiva lo ionico perché astraendosi dalla natura riusciva a celebrarla nelle sue ultime forme. L'utilitarismo romano è stato il grembo dal quale proviene l'Occidente: pannelli che imitano blocchi, conoscenza che imita saggezza, sesso che imita amore, risate che nascondono pianti. Di tanto in tanto però, si intravedono degli squarci che lasciano trapelare la verità, come il pannello sfondato che lascia intravedere il grigio del cemento armato.

Raggiunsi l'aula già stracolma e mi sedetti sulla scalinata. Accanto a me c'era una ragazza molto carina, una di quelle che morde la vita coi denti. Il suo visetto da scoiattolo era incorniciato da una frangia addomesticata che distraeva con le dita convenzionalmente curate. Il professore di storia contemporanea annunciò che ci avrebbe parlato della Scuola di Francoforte e della corrente marxista-volontarista. Diede un lieve colpetto al microfono per assicurarsi che funzionasse.

«Bene, possiamo iniziare e riprenderemo il discorso su Herbert Marcuse che avevamo accennato la volta scorsa. Nel 1964 scrisse *L'uomo a una dimensione*, un'opera molto importante perché rappresenta una critica estremamente serrata contro le società industrializzate, come la nostra. Ebbene, sostanzialmente afferma che in questo tipo di società la popolazione non vive in uno stato di libertà, anche se lo Stato si presenta sotto forme liberali e repubblicane. Non è libertà perché l'ordine sociale che appare democratico in realtà è totalitario. Esso permea ogni aspetto della vita e grazie ai mezzi di comunicazione di massa induce dei bisogni che riducono l'individuo a produrre e consumare senza possibilità di resistenza. Marcuse ci parla dei cosiddetti *falsi bisogni indotti*, cioè dei bisogni che non abbiamo in realtà ma che ci vengono indotti dal sistema dei consumi. Ad esempio, voi ragazze non avete nessun bisogno della borsetta di marca perché per portare ciò che volete portare vi basterebbe una busta di tela, però avvertite quel bisogno perché è il sistema dei consumi che vi ha indotto a farlo. Se in Afghanistan si stabilisse un giorno una filiale di borsette di marca, nessuno le comprerebbe perché quel bisogno non esiste ancora, allora l'azienda come primo passo dovrebbe preoccuparsi di indurre quel bisogno attraverso la pubblicità. Marcuse denuncia questo aspetto fondamentalmente repressivo della società industriale perchè appiattisce l'uomo alla mera dimensione di consumatore la cui sola libertà è la possibilità di scegliere tra prodotti diversi. La tecnologia, che dovrebbe servire a migliorare la vita, in realtà è solo schiava del potere capitalistico e dei consumi. Cosa peggiore è che niente sfugge a questa *democratica non libertà*, nemmeno quegli strati sociali che tradizionalmente sono anti sistema, come la classe operaia, anch'essa pienamente integrata nel sistema stesso. Come si può uscire allora da questo vortice? Il filosofo tedesco azzarda una soluzione: soltanto quello strato sociale che è al di fuori del sistema stesso ha i requisiti per poter realizzare una piattaforma ideologica in grado di far partire una rivoluzione. Gli emarginati, i reietti, i perseguitati, i disoccupati, cioè tutti coloro che non sono stati ancora condizionati dalla società, perché non vi fanno parte. Diceva Benjamin: "è solo per merito dei disperati che ci è data una speranza"».

Mi venne in mente quel poveraccio che mendicava alla stazione. Possibile che fosse lui l'unica speranza di cambiamento? Mi girai verso la finestra e buttai un occhio alla strada. Vidi un puntino in lontananza che si ingrandiva sempre di più. Iniziò a delinearsi la forma: due ali e un corpo come un fuso. Si avvicinò sempre di più, sicuro di essere nel giusto, finché si schiantò contro il vetro a specchio. Aprii la finestra e il piccolo passero color corteccia era riverso sul davanzale. Fui testimone del suo ultimo volo. Tradito anche lui, come me, come tutti, dalla civiltà.

Uscii fuori a fumare una sigaretta. C'è sempre un gran via vai sulle scalinate della Facoltà. Studenti, professori, burocrati, fattorini. Ricordo che da adolescente giocavo a un gioco al computer, un gioco di strategia ambientato nella Roma imperiale. Tu eri il Cesare e dovevi amministrare una città dell'Impero. Ricordo che se installavi le Università e le biblioteche l'indicatore della qualità aumentava e questo comportava una serie di ripercussioni positive come l'aumento del reddito pro-capite, dell'appetibilità del quartiere e soprattutto della felicità dei residenti. Mi chiedo se nella realtà sia veramente così, o se così dovrebbe essere.

Salii al terzo piano, dipartimento di Anglistica. Il professore fece l'appello e mi chiamò per primo. Eravamo in pochi.

«Bentrovato, quale lirica le avevo assegnato?», mi chiese.

«*The Angel*, dei *Songs of Experience*».

«Bene, partiamo direttamente dal testo, prima però vorrei sapere cosa ne pensa dell'argomento del modulo. Le ha suscitato interesse il Romanticismo?».

«Molto», gli risposi.

«E cosa ne pensa in generale?»

«Che è tutto tranne ciò che sta scritto sui foglietti dei baci perugina», gli risposi.

«Bé, è vero direi», disse compiacendosi.

Aprì il piccolo volumetto illustrato e mi mise davanti il testo.

«Va bene, inizi con la traduzione. Né troppo letterale né troppo abbellita. Ricordi che le traduzioni sono come le donne: se sono fedeli non sono belle, se sono belle non sono fedeli».

«*L'Angelo*

Ho sognato un sogno! Cosa può voler dire?
E che io ero una giovane Regina:
custodita da un mite Angelo;
il male insensato non fu mai allontanato!

E io piangevo di notte e di giorno
e lui asciugava le mie lacrime
e io piangevo di giorno e di notte
e gli tenevo nascosta la gioia del mio cuore

Così egli prese le sue ali e se ne andò:
allora la mattina si colorò del rosso delle rose:
asciugai le mie lacrime e armai le mie paure,
con diecimila scudi e lance.

Presto il mio Angelo tornò indietro;
ero armata, venne invano:
perché il tempo della giovinezza era fuggito
e grigi capelli erano sulla mia testa».

«Molto bene tranne la terza quartina, dove ha tradotto *rosy red* con *rosso delle rose*; io avrei tradotto *rosso rosato*. Ora mi faccia un'analisi semantica; mi dica cosa significa questa poesia».

«Lei mi chieda cosa pensano i critici di questa poesia e io le risponderò, oppure mi chieda cosa penso io di questa poesia e le risponderò, ma non mi chieda cosa significa perché nessuno può saperlo. Qualsiasi interpretazione, anche se fatta dai più alti esegeti sarà sempre soggettiva e quindi parziale. Preferisco non rispondere».

Rimase un momento perplesso, poi vidi una luce maligna baluginare nei suoi occhi, la stessa che ha un preadolescente che ha appena catturato una lucertola.

«Quindi sta dicendo che il nostro lavoro è inutile?», mi chiese.

«Suppongo di sì», risposi.

A quel punto ero già consapevole di essermi giocato la promozione. Non c'è niente di peggiore che ferire la vanità di uno studioso.

«Si rende conto che Lei sta ridicolizzando la scienza che ha scelto di servire? Piuttosto stupido da parte sua visto che ha scelto questa Facoltà di sua iniziativa».

«Io non servo alcuna scienza e poi le cose prima o poi dovranno cambiare e qualcuno dovrà pur iniziare», gli risposi.

«Cambiare? Cosa vuole cambiare? Se non le andava bene il metodo accademico poteva anche non iscriversi e rimanere ignorante», disse.

«Come erano ignoranti le genti delle prime tribù, che leggevano senza conoscere nessun alfabeto», risposi.

«Cosa?», chiese con disprezzo.

«Niente, pensavo ad alta voce. E poi lasci stare, Lei non può capire».

«La sua arroganza è inaccettabile! Se ne vada e studi piuttosto!».

«Io ho studiato; è Lei ad aver studiato troppo, o troppo male. I veri arroganti siete voi e i vostri imperativi categorici. Io me ne tiro fuori», risposi.

«Se ne vada! E non si presenti più ai miei corsi!», gridò alzandosi in piedi.

Uscii sbattendo la porta e mi avviai verso la stazione.

Dopo anni di formazione universitaria mi sono accorto che se non prendi le giuste precauzioni entri nei cunicoli della tradizione positivista che taglia fuori ogni altra componente umana, sopratutto quella spirituale. Sanno spiegarti pressappoco tutto e questa è la cosa più atroce.

L'eterodossia diventa necessaria laddove le certezze sono insostenibili. Gli eresiarchi medievali negavano le certezze della religione; gli eresiarchi contemporanei dovranno negare le certezze della scienza per permettere a tutti gli uomini di elevarsi a un livello di perfezionamento maggiore.

Un pomeriggio d'autunno di tanti anni fa, sedevo sul muricciolo del giardino di mia nonna e contemplavo la forma di un cactus. Credo che tutto cominciò così. Avevo diciassette anni e quella stessa mattina, a scuola, il professore di fisica aveva spiegato la legge che sovraintende la resistenza dei corpi solidi. Ci aveva portato l'esempio del chiodo e della tavola di legno: il chiodo riesce a vincere la resistenza del legno grazie alla sua forma acuminata.

Osservando le spine del cactus mi chiesi come fosse possibile che quel vegetale conoscesse la legge sulla resistenza dei corpi solidi e come fosse possibile, contrariamente al ben più facile nichilismo, che esso pensasse alle spine come una protezione per salvaguardare la sua specie e replicarsi. Da quale accademia provenivano quelle tecnologie e quei concetti filosofici?

Così per la prima volta intuii la mano del Grande Architetto e la Grande Opera. Così iniziai a fare l'ininterrotta e felice conoscenza dei suoi attributi. Così come la grammatica è un pallido tentativo per spiegare la lingua, la scienza è un pallido tentativo per spiegare la realtà. E sopra ogni cosa, è un problema di metodo: precludere a priori alcune dimensioni della realtà solo perché non rispondono a leggi fisiche che sovraintendono soltanto ad alcune parti della realtà stessa, è il peccato originale. Ed è così che la scienza ha negato se stessa, divenendo schiava del suo stesso metodo. Il sapere universitario è obsoleto, vetusto, parziale. In esso non potrà esservi miglioramento perché allontana dalle Leggi e impedisce i cammini di ricerca della Verità. Il nozionismo e la tecnologia postribolare che produce servono soltanto all'inesorabile cammino di distruzione che i molti chiamano *progresso*.

Le porte automatiche della stazione si aprirono. Mi investirono gli sbuffi acri delle motrici e la confusione della folla. Seduto su una panca vidi lo stesso cappotto di nylon arancione che indossava l'anziano mendicante. Mi avvicinai; stava contando qualcosa in un sacchetto di plastica.

«Buongiorno. Volevo chiederle signore, se potevo offrirle un caffè?», gli chiesi.

Mi guardò disorientato.

«Va bene. Grazie giovanotto», mi rispose con un largo sorriso.

«Sei di Roma?», gli chiesi.

«Ci vivo da molto tempo ma sono nato in Sicilia; sono di Palermo».

«Bella la Sicilia, ci sono stato molte volte. E che lavoro faceva?», gli chiesi.

«Manovale, carpentiere, un po' di tutto nei cantieri...», rispose.

«E non ha figli?».

«No», mi rispose.

«Dev'essere stata dura...».

«Ho lavorato molto da giovane, poi il mio capo non mi versò i contributi ed eccomi qui. La pensione minima non mi basta. Vivo al ricovero di Colle Oppio, mangio anche lì, però un solo pasto al giorno: o pranzo o cena. Ho una stanzetta ma alle sette del mattino ci mettono fuori e quindi vengo in stazione, almeno ho qualcosa da fare».

Arrivammo al bancone.

«Posso chiederle un favore?», gli chiesi.

«Un favore a me?», e mi guardò stupito.

«Potrebbe leggere questa cosa e dirmi che ne pensa? Solo una sua opinione, qualsiasi essa sia».

Gli diedi il foglietto con la mia traduzione della poesia di Blake. Restò assorto nella lettura mentre prendeva il caffè a piccoli sorsi.

«Allora che ne pensa? Cosa significa secondo Lei?», gli chiesi.

Aggrottò le sopracciglia: «Non ne ho idea. Però è bella!».

Testamento

Diverse immagini mi tornano in mente. La piazza del paese, i severi vicoli che si laceravano in intrecci, il cortile di argilla cotta.

Dai quattro angoli del mio mondo convergono tutte le cose che mi stringono al mio anelato centro. Tutte le cose, che furono cibo e acqua, carezze e linguaggi, fughe e incontri, lenzuola pulite, una nave che salpò all'alba e tante altre cose. Ma un'immagine più di ogni altra emerge dalla folla: è quella del loto. Ho una innata conoscenza di questo fiore. Debbo essere vissuta in Oriente, India forse, o Birmania. Debbo essere stata la sacerdotessa di un tempio, o una regina egiziana, o entrambe.

Il loto affonda le radici nel fango, poggia la foglia sull'acqua e innalza un fiore dai molteplici petali. È come l'essere umano. Egli nasce nel mezzo, come la foglia, e può scegliere se sprofondare o elevarsi.

Io non ebbi da scegliere in questa vita, obbedì placidamente a leggi sovrane che decisero la mia condotta, ma molte volte cercai di far capire loro chi fossero, fissandoli, pregando affinché le profondità delle mie pupille rivelassero l'essenziale. Credo fermamente che se ebbi tali sentori, loro ne ebbero di migliori, ma la loro cecità troppo spesso è invalidante. Ignorano quanto sia alto il privilegio che gli viene concesso. Ignorano l'altitudine del loro trascorso, che gli permise tale eredità, per lo più sprecata in pigrizie. Pigrizie a cui presi parte, in lunghi pomeriggi sul divano del salotto; la verità è che non loro ma io potei, giacché nacqui regina.

Ma non ho soltanto celebrato i fiori. Ho anche meditato su quelli che furono i miei luoghi. La casa, dove gli ultimi giorni mi trascinai, fu un ricettacolo di segreti. Per anni ne frugai gli angoli e sempre constatai la presenza di un ulteriore angolo celato alla vista, eppure intuibile dalla forma degli altri. Mai mi fu rivelato, tuttavia col finire dei giorni capii che ovunque sono angoli ed essi si incardinano per infinite rette fatte di infiniti punti senza dimensione. Quando chiudo gli occhi e mi incurvo al cedevole sogno, i muri spariscono e con essi ogni incessante replicazione. Quando mi sveglio tutto riappare com'era; qualche volta alcuni soprammobili sono stati spostati.

Il debole udito quasi mi lascia, ma non ne avrò nostalgia. Fu proprio esso a ingannarmi e con esso ogni altra parvenza di senso. Spesso mi domandai: «Cos'è quel rumore?», oppure: «L'ombra dietro il pianoforte è un topo?», o anche: «È amaro o dolce il sapore del miele?».

Intravedo trasparenze, trasparenze e dualità che si annullano. Che si parli pure della mia casa, che se ne parli e se ne esaltino le forme. Che si studino, che si amino, che si soffra per esse.

I pomeriggi che tanto mi allettarono li sento andarsene, sento la loro concentrazione tendere all'unità. Non mi resta che poco tempo. M'avvertono le campane che i passaggi si stanno schiudendo; cercherò di essere breve.

Ancora attorno è un groviglio di liane, mangrovie e profumi che portano al visibile, e tigri maculate che donano vita all'intreccio. Sopra tutto è la Luna e il Sole, accerchiati da una cornice dall'azzurro incatalogabile. Della loro unione: tre esplosioni attutite che innalzano il suono, lo modellano, lo soffiano su sinfonie di neve e lo infrangono come tuoni di zucchero. Infinite moltitudini di petali bianchi si incardinano in curve geometriche portate a squadra da mani immortali. Vedo e tocco il vuoto; il velo di calicò scivola e rivela la struggente semplicità delle sue forme; la maschera svanisce come polline rapito dal vento. Conosco il volto di quella fanciulla. Ha i capelli color castagna e le sue parole sono dolci, sono le raccomandazioni di una sorella.

Le ossa non mi dolgono più. Se avessi tempo penserei a un testamento, con tutti i dettagli del caso, ben articolato, le cui disposizioni siano inequivocabili e i cui saluti siano confacenti alle necessità di ciascuno. Ma non ho tempo e le vanità del volgo hanno smesso di appartenermi.

Da qualche remota profondità emergono soltanto alcuni versi, di cui ignoro l'autore. Che forse sia stata io a scriverli? Che forse sia stata io a scrivere questi versi e tutto il resto?

Non regalarmi dei fiori ma regalami a essi.
Lascia che il mio corpo esausto sia culla di vita dirompente.
Permetti all'erba e al miele di nutrire future dolcezze.
Ricordami com'ero; amami come sarò.

Ore 23.43
Sotto la pelliccia malandata dagli anni, il cuore aveva appena smesso di battere.

«È morta!».

«Ma che si muore così? Senza dire niente?».

Indice